金陵全書

丁編·文獻類

顔氏家訓

還冤記

（北齊）顔之推　撰

南京出版社
南京出版傳媒集團

圖書在版編目（CIP）數據

顔氏家訓·還冤記 / （北齊）顔之推撰. -- 南京：
南京出版社, 2021.4
（金陵全書）
ISBN 978-7-5533-3191-1

Ⅰ. ①顔… Ⅱ. ①顔… Ⅲ. ①家庭道德 - 中國 - 南北朝時代②筆記小説 - 中國 - 南北朝時代 Ⅳ. ①B823.1 ②I242.1

中國版本圖書館CIP數據核字（2021）第029235號

書　　名　【金陵全書】（丁編·文獻類）
顔氏家訓·還冤記
作　　者　（北齊）顔之推
出版發行　南京出版傳媒集團
南　京　出　版　社
社址：南京市太平門街53號　　郵編：210016
網址：http://www.njcbs.cn　　電子信箱：njcbs1988@163.com
聯系電話：025-83283893、83283864（營銷）　025-83112257（編務）

出 版 人　項曉寧
出 品 人　盧海鳴
責任編輯　嚴行健　余世瑶
裝幀設計　楊曉崗
責任印製　楊福彬

製　　版　南京新華豐製版有限公司
印　　刷　南京凱德印刷有限公司
開　　本　889毫米×1194毫米　1/16
印　　張　21
版　　次　2021年4月第1版
印　　次　2021年4月第1次印刷
書　　號　ISBN　978-7-5533-3191-1
定　　價　600.00元

南京出版社
圖書專營店

總序

南京，古稱金陵，中國著名的四大古都之一，是國務院首批公佈的國家歷史文化名城。

南京有着六十萬年的人類活動史，近二千五百年的建城史，約四百五十年的建都史，享有『六朝古都』『十朝都會』的美譽。南京歷史的興衰起伏在某種程度上可以説是中國歷史的一個縮影。在中華民族光輝燦爛的歷史長河中，古聖先賢在南京創造了舉世矚目、富有特色的六朝文化、南唐文化、明文化和民國文化，爲中華民族文化的傳承和發展做出了不朽貢獻。然而，由於時代的遞遷、戰爭的破壞以及自然的損毀等原因，歷史上南京的輝煌成就以物質文化形態留存下來的相對較少，見諸文獻典籍的則相對較多。南京文獻内涵廣博，卷帙浩繁，版本複雜。截至一九四九年中華人民共和國成立，南京文獻留存下來的有近萬種，在全國歷史文化名城中名列前茅。以六朝《世説新語》《文心雕龍》《昭明文選》，唐朝《建康實録》，宋朝《景定建康志》《六朝事迹編類》，元朝《至正金陵新志》，明朝《洪武京城圖志》《金陵古今圖考》《客座贅語》，清朝《康熙江寧府志》《白下瑣言》，民國《首都計劃》《首都志》《金陵古蹟圖考》等爲代表的南京地方文獻，不僅是南京文化的集中體現，也是中華民族優秀傳統文化的重要組成部分。這些南京文獻，積澱貯存了歷代南京人民的經驗和智慧，翔實地反映了南京地區的社會變遷，是研究南京乃至全國政治、經濟、軍事、文化、外交和民風民俗的重要資料。

歷史上的南京文化輝煌燦爛，各類圖書典籍琳琅滿目。迄今爲止，南京文獻曾經有過三次不同程度的整理。

第一次是距今六百多年前的明朝永樂年間，明朝中央政府在南京組織整理出版了《永樂大典》。《永樂大典》正文二萬二千八百七十七卷，凡例和目録六十卷，分裝成一萬一千零九十五册，總字數約三億七千萬字。書中保存了中國上自先秦、下迄明初的各種典籍資料達七八千種，是中國古代最大的類書。

第二次是民國年間，南京通志館編印了一套《南京文獻》。《南京文獻》每月一期，從一九四七年元月至一九四九年二月共刊行了二十六期，收入南京地方文獻六十七種，包括元明清到民國各個時期的著作，其中收録的部分民國文獻今天已經成爲絶版。

第三次是二〇〇六年以來，南京出版社選取部分南京珍貴文獻，整理出版了一套《南京稀見文獻叢刊》點校本，到二〇二〇年，已經出版了六十九册一百零五種，時代上起六朝，下迄民國，在學術普及方面做出了一定的貢獻。

中華人民共和國成立以來，尤其是改革開放以來，南京的政治、經濟、文化建設飛速發展，但南京文獻的全面系統整理出版工作一直没有得到應有的重視，這與南京這座國家歷史文化名城的地位頗不相稱。據調查，目前有關南京的各類文獻主要保存在南京圖書館、南京市檔案館，以及全國各地的高等院校、科研院所、圖書館、檔案館、博物館，少數流散於民間和國外。一方面，廣大讀者要查閲這些收藏在全國各地的南京文獻殊爲不便；另一方面，許多珍貴的南京文獻隨着歲月的流逝而瀕臨損毁和失傳。南京文獻的存史、資治、教化、育人功能没有得到應有的發揮。

盛世修史（志）。在中華民族和平崛起和大力弘揚民族傳統文化、全力發展民族文化事業的大背景下，在建設『文化南京』的發展思路下，中共南京市委、南京市人民政府於二〇〇九年十二月做出决定，將南京有史以來的地方文獻進行全面系統的匯集、整理和影印出版，輯爲《金陵全書》（以下簡稱《全書》），以更好地搶救和保護鄉邦文獻，傳承民族文化，推動學術研究，促進南京文化建設；同時，也更爲有効地增加南京文獻存世途徑，提昇南京文獻地位，凸顯南京文獻價值。

爲編纂出能够代表當代最高學術水平和科技成就，又經得起時間檢驗的《全書》，我們將編纂工作分成三個階段進行。第一個階段爲調研階段，主要對南京現存文獻的種類、數量、保存現狀以及收藏地點等進行深入細緻的調研，召集專家學者多次進行學術論證和可操作性論證，撰寫出可行性調查報告，爲科學決策提供依據，此項工作主要由中共南京市委宣傳部和南京出版社組織完成。第二個階段爲啓動階段，以二〇〇九年十二月二十四日召開的『《金陵全書》編纂啓動工作會』爲標志，市委主要領導親自到會動員講話，市委宣傳部對《全書》的編纂出版工作作了明確部署。在廣泛徵求專家學者意見的基礎上，確定了《全書》的總體框架設計，確定了將《全書》列爲市委宣傳部每年要實施的重大文化工程，確定了主要參編責任單位和責任人，並分解了任務。第三個階段爲編纂出版階段，主要在全國範圍內進行資料的徵集、遴選和圖書的版式設計、複製、排版及印製工作。

爲了確保《全書》編纂出版工作的順利進行，中共南京市委、南京市人民政府成立了專門的編纂出版組織機構。其中編輯工作領導小組，由中共南京市委、市政府領導以及相關成員單位主要負責人組成；《全書》的編纂出版工作由市委宣傳部總牽頭；學術指導委員會，由蔣贊初、茅家琦、梁白泉等一批全國著名的專家學者組成，負責《全書》的學術審核和把關。

《全書》分爲方志、史料、檔案和文獻四大類。自二〇一〇年起，計劃每年出版四十册左右。鑒於《全書》的整理出版工作難度較大，周期較長，在具體操作中，我們採取了分工協作的方式。市委宣傳部和南京出版社負責《全書》的總體策劃，其中方志部分，主要由南京市地方志編纂委員會辦公室和南京出版傳媒集團·南京出版社共同承擔；史料和文獻部分，主要由南京圖書館承擔；檔案部分，主要由南京市檔案局（館）承擔。《全書》的編輯出版，得到了江蘇省文化廳、江蘇省新聞出版局、江蘇省檔案局（館）、南京大學、南京圖書館、南京市文廣新局、南京市社科聯（社科院）、南京市文聯、金陵圖書館以及各區委宣傳部和地方志辦公室等單位及社會各界的熱情鼓勵和大力支持，尤其是得到了中國國家圖書館和全國各地（包括港臺地區）高等院校、科研院所、圖書館、檔案館、博物館等藏書單位的鼎力相助，在此表示深深的謝意！

我們相信，在中共南京市委、南京市人民政府的長期不懈支持下，在各部門、各單位的積極配合和衆多專家學者的共同努力下，這項功在當代、利在千秋的傳世工程一定能够圓滿完成。

《金陵全書》編輯出版委員會

凡例

一、《金陵全書》（以下簡稱《全書》）收録的南京文獻，分爲方志、史料、檔案和文獻四大類。

二、《全書》按上述四大類分爲甲、乙、丙、丁四編，以不同的封面顔色加以區分；每編酌分細類，原則上以成書時代爲序分爲若幹册，依次編列序號。

三、《全書》收録南京文獻的地域範圍，包括了清代江寧府所轄上元、江寧、句容、溧水、高淳、江浦、六合。

四、《全書》收録的南京文獻，其成書年代的下限爲一九四九年。

五、《全書》收録方志、史料和文獻，盡量選用善本爲底本。《全書》收録的檔案以學術價值和實用價值較高爲原則，一般選用延續時間較長、相對比較完整的檔案全宗。

六、《全書》收録的南京文獻底本如有殘缺、漫漶不清等情況，必要時予以配補、抽換或修描，以保證全書完整清晰；稿本、鈔本、批校本的修改、批注文字等均保留原貌。

七、《全書》收録的南京文獻，每種均撰寫提要，置於該文獻前，以便讀者了解其作者生平、主要内容、學術文化價值、編纂過程、版本源流、底本採用等情況。

八、《全書》所收文獻篇幅較大時，分爲序號相連的若幹册；篇幅較小的文獻，則將數種合編爲一册。

九、《全書》統一版式設計，大部分文獻原大影印；對於少數原版面過大或過小的文獻，適當進行縮小或放大處理，並加以説明。

十、《全書》各册除保留文獻原有頁碼外，均新編頁碼，每册頁碼自爲起訖。

總目録

提　要

《顏氏家訓》二卷，《還冤記》二卷，北齊顏之推撰。

顏之推（五三一—五九一？），字介，琅琊（今山東臨沂）人，出生於建康（今江蘇南京）長干。九世祖顏含隨晋元帝南渡，寓居建康。顏之推歷仕梁、北齊、北周和隋四朝，自稱一生三化，三爲亡國之人。他早年習《周禮》《左傳》，博覽羣書，然『好飲酒，任縱，不修邊幅』，遭時人議論。二十多歲時，梁江陵城被西魏攻佔，他從江陵被西魏軍擄掠入北，途中被推薦到西魏陽平郡公李遠處掌管書翰。他心繫蕭梁政權，萌發回歸故國之心，擇機冒着生命危險率妻兒從黄河水路經歷砥柱之險而至北齊，準備回國。但此时梁朝被陳霸先建立的陳朝取代，顏之推南歸之路中斷，只好滯留北齊。北齊統治者荒淫腐敗，窮奢極欲，很快滅亡。顏之推第二次以亡國大夫身份西入北周，作爲『十八學士』之一被徵召往關中。北周静帝大定元年（五八一），楊堅廢静帝建立隋政權，顏之推先後擔任内史、太子文學學士等職。事蹟詳見《北齊書》卷四十五《顏之推傳》。顏之推博學多識，一生著述甚豐，有《顏氏家訓》廿篇、《還冤記》二卷、《訓俗文字略》一卷、《證俗音字》五卷、《稽聖賦》二卷、《文集》三十卷，但大多亡佚，今存《顏氏家訓》和《還冤記》兩書，《急就章注》《證俗音字》和《集靈記》僅存輯本。

《顏氏家訓》

此書舊題『北齊黄門侍郎顏之推撰』。余嘉錫認爲此書並非作於北齊，而實際上是作於隋朝。之所以題爲『北齊黄門侍郎顏之推撰』，是因爲顏之推一生做官，以黄門侍郎最爲清顯。《顏氏家訓》開篇就講著述此書的目的在於『整齊門内，提撕子孫』『教人誠孝，慎言檢跡，立身揚名』，教育顏氏後世子孫繼承先輩聖賢傳統。宋人陳振孫贊之曰：『古今家訓，以此爲祖。』

《顏氏家訓》二十篇，分别是：《序致》《教子》《兄弟》《後娶》《治家》《風操》《慕賢》《勉學》《文章》《名實》《涉務》《省事》《止足》《誡兵》《養生》《歸心》《書證》《音辭》《雜藝》《終制》。其内容廣泛，涉及立身、治家、交友、處世、教子、治學、養生、訓詁、文學。《顏氏家訓》

奠定了我國傳統家訓文獻的基本形式，内容繁富、結構謹嚴，對後世家訓產生重要影響。《顔氏家訓》體現了顔之推以儒家倫理觀念爲主的思想主旨。顔之推訓誡子孫要『務先王之道，紹家世之業』。在治家方面孝悌治家，務求寬嚴相濟、節儉有度；修身方面慕賢修身，力求自我反省、德藝周厚；爲政方面忠君愛國，務求堅守正道，推崇德行；處世方面務實中庸，力求以禮爲度，知足而止；治學方面勤奮刻苦，務要博學於文、相互切磋。

顔之推尤其强調的是對子女的教育，並且非常講究教育的方法。『父母威嚴而有慈，則子女畏慎而生孝矣』。顔之推主張『嚴』與『慈』相結合的方法，切忌過分溺愛子女。顔之推還教育子孫要知足少欲，勿貪權勢，以此爲立身持家的基本道德原則和處世方法。

顔之推非常重視子女的氣節教育，他舉例説：齊朝有一士大夫教子女迎合世俗需要，只練習些『講鮮卑語、彈奏琵琶』之類的技藝，靠這些來諂媚達官貴人，真是令人氣憤！用這種辦法作爲官晋升的階梯，即使能做到宰相，也不願讓子孫喪失立身原則。顔之推從小受到儒家思想的薰陶，非常重視禮，認爲：『禮爲教本，敬者身基，瞿然自失，斂容抑志也。』以禮讓爲政教根本，以恭敬爲立身基礎，警惕過失，抑制驕奢。在《顔氏家訓》中，顔之推列舉了很多種禮節，包括日常起居問候之禮、迎賓送客之禮、喪葬之禮、祭祀之禮等，對於長者要言行恭敬、舉止有禮，以此來規範子孫的言行舉止，傳承顔氏知書達禮、以禮傳家的家風。

《顔氏家訓》流傳至今，版本較多。《舊唐書·經籍志》《新唐書·藝文志》《崇文總目》《郡齋讀書志》《直齋書録解題》《宋史·藝文志》等均著録爲七卷，而《四庫全書總目》著録爲二卷。七卷本以乾隆年間《知不足齋叢書》本和民國年間的《諸子集成》本較爲常見。二卷本主要有如下版本：一是明正德十三年（一五一八）顔如瓌刻本，明萬曆六年（一五七八）顔志邦本以該本爲底本翻刻。萬曆三十六年（一六〇八）安成顔欲章編《顔氏傳書》八種，其中《顔氏家訓》即據顔志邦本重刻，前有禮部主事劉元卿序，後有海鹽姚士粦跋。程榮萬曆刻《漢魏叢書》亦以顔志邦本爲底本進行翻刻，清康熙五十年（一七一一）顔星又據以重刻。二是明嘉靖三年（一五二四）傅鑰刻本，明、清兩代流傳不廣，民國時收入張元濟主編之《四部叢刊》；三是明嘉靖十三年（一五三四）程伯祥刻本，明萬曆三年（一五七五）顔嗣慎刻本即以該本爲底本翻刻。南京圖書館藏有明嘉靖程伯祥刻本（清丁丙跋）、明萬曆三年顔嗣慎刻本（清丁丙跋）、明萬曆三十六年《顏氏傳書》刻本和明天啓三年（一六二三）刻本等。

《金陵全書》收録的《顏氏家訓》以南京圖書館藏明萬曆三十六年《顏氏傳書》刻本爲底本原大影印出版。

顏健

《還冤記》

《還冤記》，又稱《冤魂志》《還冤志》或《北齊還冤志》。《舊唐書·經籍志》《新唐書·藝文志》均有著録。

《還冤記》主旨在於宣揚佛教戒殺護生、勸誡人們爲善去惡。《顏氏家訓·歸心》篇可以較好地概括此書的創作緣由：『儒家君子，尚離庖廚，見其生不忍其死，聞其聲不食其肉。高柴、折像，未知内教，皆能不殺，此乃仁者自然用心。含生之徒，莫不愛命；去殺之事，必勉行之。好殺之人，臨死報驗，子孫殃禍，其數甚多，不能悉録耳。』可見，顏之推通過創作或收集志怪故事，宣揚佛教因果報應，教育後人護生去殺，保持儒家的仁愛之心。

魯迅在《中國小説史略》中對鬼神志怪之書出現的原因分析極爲深刻：『漢末

又大暢巫風，而鬼道愈熾；會小乘佛教亦入中土，漸見流傳。凡此，皆張惶鬼神，稱道靈異，故自晋迄隋，特多鬼神志怪之書。』認爲漢末巫風的盛行和佛教對鬼神的宣揚促進了六朝志怪小説的産生。顔之推具有强烈的宗教意識和誠篤的宗教情感，其寫作《還寃記》並不單單警示後人，而是通過志怪小説宣揚佛教故事和佛法無邊。在《還寃記》中，顔之推對故事發生的原因進行深入探究，認爲許多濫殺無辜的故事都源於人們的貪欲，與酒、色、財、妒有關，體現了的濃厚的佛教情結。

萬曆三十六年（一六〇八）安成顔欲章編《顔氏傳書》八種，其中《還寃記》書末有海鹽姚士粦跋。國家圖書館藏有明萬曆刻本《陳眉公訂正還寃志》一卷，歸入《亦政堂鐫陳眉公家藏廣秘笈》五十二種；明萬曆刻本《寶顔堂訂正還寃志》一卷，歸入《尚白齋校鐫陳眉公祕笈合編》二百三十種；清文淵閣四庫全書本《還寃志》三卷等。

《金陵全書》收録的《還寃記》以南京圖書館藏明萬曆三十六年《顔氏傳書》刻本爲底本原大影印出版。

顔健

金陵全書

丁編·文獻類

顔氏家訓

（北齊）顔之推　撰

南京出版社
南京出版傳媒集團

顔氏傳書序

顔自伯禽支庶食采於顔以邑爲氏春秋時徵在歸郰梁紇誕生仲尼而顔路始受學闕里厥有殆庶顔氏遂發聞於天下其後有顔蠋顔駟顔郰子代不乏

賢北齊黃門侍郎著家訓二十
篇歷九百餘年寖失其傳裔孫
四會掌教士英有志訪刻未遂
以屬其子如環正德戊寅環同
知蘇州獲全本重校刻之然獨
刊家訓耳若亞聖而下魯國光

祿而上其傳集散逸幾不可考
予錫顏嘉興幼承父訓夙有志
於訪求凡得先集八種而家訓
在焉合刻之以爲顏氏傳書楼
正德戊寅距今八十年嘉興君
此舉實繼蘇州公又蘇州奉四

會君之命嘉興亦奉封君耕心
之命若相符契顔之世賢可知
已蘇州之序家訓曰侍郎五世
生魯國常山並以忠義大顯于
唐代居金陵魯國五世生永新
令詡與其弟招討使翊因家永

新招討十二世生子文又自永
新徙安福則安福之顏去魯國
黄門其世數可覆譜而稽也是
書之刻雖謂之顏氏家語可矣
書成嘉興君以書來請序曰伯
舅其幸有以教我予惟顏氏之

三

先無論魯國常山即彭州司馬昆季佐父討賊一時捐生者八人而我

國朝沛縣伯瑋父子死忠豈其家風習訓教使然抑亦猶亞聖之餘韻乎嗟夫曾國諸先生事

非平生所宜談顏何人哉希之
則是其在他人景慕尚爾況於
其爲之後者耶吾顧聞所以希
之者且書名傳矣抑又何以習
也

萬曆戊申春三月禮部主事後

學劉元卿拜手謹序

顏氏家訓序

家訓二十篇自吾黃門侍郎祖始著去今蓋九百餘年失傳已久吾弟四會掌教士英嘗有志訪刻而未遂以囑其子如環正德戊寅如環同知蘇州之三年獲全本重校刊之既自識其後矣復以書來請曰祖訓重刊首序非異人任吾伯父其成之謹按侍郎即著是訓繼而其子諱思魯以博學善屬文官至校書東宮學士愍楚直內史游秦校秘閣再傳至夔府長史贈虢州刺史諱勤禮弘文館

學士師古相時司經校定經史育德三傳至侍讀
曹王屬贈華州刺史諱昭甫以至濠州刺史贈祕
書監元孫暨通議大夫贈國子祭酒太子少保諱
惟貞遂生我曾國公諱眞卿常山太守杲卿與夫
司丞春卿淄川司馬曜卿胤山令旭卿犍爲司馬
茂曾杭州參軍缺疑金鄉男允南富平尉喬卿左
清道兵曹幼輿荆南行軍允臧其後復生彭州司
馬威明昆季佐父破土門同時爲逆胡所害者八
人建中改元曾國遷秩之際子姪同封男者亦八

人又其後曾國五世孫諱翊爲台州招討使翊爲永新令是皆奕葉重光聯芳並美顔氏於斯爲盛謂非家訓所自不可也自是而後歷宋而元仕籍雖不乏而彰顯不逮前豈非家訓失傳之故歟迨入　國朝
文廟靖內難時沛縣令伯瑋父子死忠則我招討使之後自永新徙廬陵之派者也其猶有曾國常山之餘烈而得家訓之墜緒乎乃令如環克繼父志是訓復續意者天將復興顔氏乎書曰毋忝爾

祖聿修厥德易曰積善之家必有餘慶顏氏之子若孫其遵承是訓而修德積善則前日之盛未必不可復也是固吾與吾弟若姪之所願望者也是爲序

正德戊寅冬十二月丙寅前睢寧學諭八十五翁廣烈拜手謹序

顔氏家訓序

昔我皇祖迪哲垂範立訓有典有則以貽子孫子孫克遵厥訓明徵定保至於今有成法予小子欽念哉粤我皇祖邁種德在齊有黄門侍郎公在唐有魯國常山公在宋有潭州安撫公文章節義昭回於天壤揚耿光而垂休裕用大庇於我後人而黄門公所著家訓迪我後人德業尤切子孫靈承厥志曰惟我祖之德是彝是訓罔敢遏佚前人光兹予其永保哉自時厥後寖昌子孫有弗若厥訓

亦弗克保厥家則訓敎之不立也凡民性非有恒
善惡罔不在厥初圖惟厥初莫先敎訓詩曰螟蛉
有子果蠃負之敎誨爾子式穀似之言子必用敎
敎必用善也敎之以善猶懼弗率況導之以不軌
不物俾惟慆淫是卽其何善之有故子之在敎也
猶金之有鉶水之有源也鉶正則正源清則清弗
可改也已我黃門祖恭立厥訓佑啓後人後人有
弗獲覩厥訓以開於有家若瞽之無相悵悵乎其
曷所底止哉邦大懼祖德之克宣子孫之弗迪也

爰求家訓善本重鋟諸梓俾子孫守焉是乃宗人如瓌同知蘇州時所刻婁江王太史萬書閣所藏而出以示余維時余緝家譜未獲家訓全書竊以爲憾茲得之如獲拱璧厥惟我顏氏之文獻乎子孫於是乎有徵焉罔或失墜則我顏氏忠義之家風與家訓俱存而不泯茲刻也維清熙迄用有成惟我顏氏之禎祥也豈曰小補之哉

萬曆戊寅季冬茶陵平原派三十四代孫顏志邦書於東海佐儲公署

顏氏家訓序

北齊書本傳

顔之推字介琅邪臨沂人也九世祖含從晉元東度官至侍中右光祿西平侯父勰梁湘東王繹鎮西府諮議參軍世善周官左氏學之推早傳家業年十二值繹自講莊老便預門徒虛談非其所好還習禮傳博覽羣書無不該洽詞情典麗甚爲西府所稱繹以爲其國左常侍加鎮西墨曹參軍好飲酒多任縱不修邊幅時論以此少之繹遣世子方諸出鎮郢州以之推掌管記值侯景陷郢州頻

欲殺之賴其行臺郎中王則以獲免被囚送建鄴景平還江陵時繹已自立以之推爲散騎侍郎奏舍人事後爲周軍所破大將軍李穆重薦往弘農令掌其兄陽平公遠書翰值河水暴長具船將妻子來奔經砥柱之險時人稱其勇決顯祖見而悅之卽除奉朝請引於内館中侍從左右頗被顧眄天保末從至天池以爲中書舍人令中書郎段孝信將勑書出示之推之推營外飲酒孝信還以狀言顯祖乃曰且停由是遂寢河清末被舉爲趙州

功曹參軍尋待詔文林館除司徒録事參軍之推聰穎機悟博識有才辯工尺牘應對閑明大爲祖珽所重令掌知館事判署文書尋遷通直散騎常侍俄領中書舍人帝時有取索恒令中使傳旨之推稟承宣告館中皆受進止所進文章皆是其封署於進賢門奏之待報方出兼善於文字監校繕寫處事勤敏號爲稱職帝甚加恩接顧遇逾厚爲勳要者所嫉常欲害之崔季舒等將諫也之推取急還宅故不連署及召集諫人之推亦被喚入勘

無其名方得免禍尋除黃門侍郎及周兵陷晉陽帝輕騎還鄴窘急計無所從之推因宦者侍中鄧長顒進奔陳之策仍勸募吳士千餘人以爲左右取青徐路共投陳國帝甚納之以告丞相高阿那肱等阿那肱不願入陳乃云吳士難信不須募之勸帝送珍寶累重向青州且守三齊之地若不可保徐浮海南度雖不從之推計策然猶以爲平原太守令守河津齊亡入周大象末爲御史上士隋開皇中太子召爲學士甚見禮重尋以疾終有文

三十卷撰家訓二十篇並行於世曾撰觀我生賦文致清遠其詞曰仰浮清之藐藐俯沉奥之茫茫已生民而立教乃司牧以分疆內諸夏而外夷狄驟五帝而馳三王大道寢而日隱小雅摧以云亡哀趙武之作孽怪漢靈之不祥旄頭翫其金鼎典午失其珠囊瀍澗鞠成沙漠神華泯爲龍荒吾王所以東運我祖於是南翔晋中宗以琅邪王南度之推琅邪人故稱吾王去琅邪之遷越宅金陵之舊章作羽儀於新邑樹杞梓於水鄉傳清白而勿替守法度而不忘遠微

躬之九葉頹世濟之聲芳問我良之安在鍾厭惡於有梁養傳翼之飛獸梁武帝納亡人侯景授其命遂為反叛之基子貪心之野狼武帝初養臨川王子正德為嗣生昭明後正德還本特封臨賀王猶懷怨恨逕叛入北而還積財養士每有異志也初召禍於絕域重發釁於蕭牆正德求征侯景至新林叛投景景立為主以攻臺城雖萬里而作限聊一葦而可航指金闕以長鎩向王路而蹶張勤王踰於十萬曾不解其搤吭嗟將相之骨鯁皆屈體於犬羊臺城陷援軍並問訊二宮致敬於侯景也武皇忽以厭世白日黯而無光既饗國而五十何克終之弗康嗣君聽於

巨猾毋凜然而負芒自東晉之違難寓禮樂於江湘迄此幾於三百左衽浹於四方詠苦胡而永歎吟微管而增傷世祖赫其斯怒奮大義於沮漳孝元時爲荆州刺史授犀函與鶴膝建飛雲及艅艎北徵兵於漢曲南發餫於衡陽相州州刺史河東王譽雍州刺史岳陽王詧並隸荆州都督昔承華之賓帝寔兄亡而弟及昭明太子薨乃立晉安王爲太子遠皇孫之失寵歎扶車之不立嫡皇孫驩出封豫章王而薨閒王道之多難各私求於京邑襄陽阻其銅符長沙閉其玉粒河東岳陽皆昭明子遽自戰於其地豈大勛之

暇集子既損而姪攻昆亦圍而叔襲褚乘城而宵

下杜倒戈而夜入孝元以河東下供船艀乃遣世 子方等爲刺史大軍掩至河東

不暇遣拒世子信用羣小貪其子女玉帛遂欲攻 之故河東急而逆戰世子爲亂軍所害孝元發怒

又遣鮑泉圍河東而岳陽宣言大獵即擁衆襲荆 州求解湘州之圍時襄陽杜岸兄弟怨其見劫不

以實告又不義此行率兵八千夜降岳陽於是遁 走河東府褚顯族遂投岳陽所以相州見陷也

行路彎弓而含笑骨肉相誅而涕泣周旦其猶病

諸孝武悔而焉及方慕府之事殷謬見擇於人羣

未成冠而登仕財解履而從軍時年十九釋褐湘 東國右常侍以軍

功加鎮西 墨曹參軍非社稷之能衛童注 闕錡僅書記於階闥罕

羽翼於風雲及荆王之定霸始雖恥而圖雪舟師
次乎武昌撫軍鎮於夏汭時遣徐州刺史徐文盛領二萬人屯武昌蘆州
拒侯景將任約又第二子綏寧度方諸爲世子拜中撫軍將軍郢州刺史文盛聲勢濫充選
於多士在參戎之盛列慙四白之調護厠六友之
談說時遷中撫軍外兵參軍掌管記與文珪劉民英等與世通遊處雖形就而心
和匪余懷之所說繫深宮之生貴矧垂堂與倚衡
欲推心以厲物樹幼齒以先聲中撫軍時年十五慨敷求
之不器乃畫地而取名仗禦武於文吏以虞預爲郢州司馬
領城防事委軍政於儒生以鮑泉爲郢州行事總攝州府也値白波之

猝駭逢赤舌之燒城王凝坐而對寇白羽拱以臨兵任約爲文盛所困侯景自上救之舟艦弊漏軍飢卒疲數戰失利乃令宋子仙任約步道偷郢州城預無備故陷賊莫不變蝯而化鵠皆自取首以破腦將睥睨於渚宮先憑陵於他道景欲攻荆州路由巴陵懿永寧之龍蟠永寧公王僧辯據巴陵城善於守禦景不能進奇護軍之電掃護軍將軍陸法和破任約於赤亭湖景退走大潰犇虜快其餘毒縲囚膏乎野草幸先生之無勸賴滕公之我保之推執在景軍例當見殺景行臺郎中王則初無舊識再三救護獲免囚以還都剟鬼錄於岱宗招歸魂於蒼昊時解衣訖而獲全荷性命之重賜銜若人以終

老賊棄甲而來復肆觜距之鵰鳶積假履而弒帝臺城憑衣霧以上天用速災於四月奚聞道之十年陷後梁武曾獨坐嘆曰侯景於文爲小人百日天子及景以大寶二年十一月十九日僭位至明年三月十九日棄城逃竄是一百二十日天道紀大數故文爲百日言與公孫述但稟十二而旬歲不同就狄俘於舊壤陷戎俗於來旋慨黍離於清廟愴麥秀於空廛褰鼓臥而莫考景鐘毀而莫懸野蕭條以橫骨邑閴寂而無烟疇百家之或在中原冠帶隨晉渡江者百家故江東有百譜至是在都者覆滅略盡覆五宗而翦焉獨昭君之哀奏唯翁主之悲絃公主子女見辱見讎經長干以掩

仰長干舊顏家巷展白下以流漣靖侯以下七世墳塋皆在白下深燕雀之餘思感桑梓之遺虔得此心於尼父信茲言乎仲宣過西土之有衆資方叔以薄代永寧公以司徒為大都督撫鳴劒而雷咤張雄旗而雲舝千里追其飛走三載窮於巢窟屠蚩尤於東郡挂郅支於北闕既斬侯景京屍於建業市百姓食之至於肉盡齕骨傳首荊州懸於都街弔幽魂之冤枉掃園陵之蕪沒殿道是以再興百祀於焉無忽但遺恨於炎崑火炎宮而累月侯景既平我師採橧失火燒宮殿蕩盡也指余櫂於兩東侍昇壇之五讓欽漢官之復覩赴楚

民之有望攝絳衣以奏言忝黃散於官謗時爲散騎常郎奏舍人事也或校石渠之文王司徒表送祕閣舊事八萬卷乃詔比校部分爲正御副御重雜三本左民尚書周弘正黃門郎彭僧朗直省學士王珪戴陵校經部左僕射王褒吏部尚書宗懷正員外郎顏之推直博士劉仁英校史部廷尉卿殷不害御史中丞王孝純中書郎鄧藎金部郎中徐報校子部右衛將軍庾信中書郎王固晉安王文學宗善業直省學士周確校集部也時參栢梁之唱顧甂甌之不算濯波濤而無量屬瀟湘之負罪陸納兼岷峨之自王武陵王竚既定以鳴鑾修東都之大壯詔司農卿黃文超營殿驚北風之復起慘南歌之不暢秦兵繼來守金城之湯池轉絳宮之玉帳

孝元帝自曉陰陽兵法初聞賊來頗爲厭勝被圍之後每歎息知必敗徒有道而師
直翻無名之不抗孝元帝與宇文丞相斷金結和無何見滅是師出無名民
百萬而囚虜書千兩而烟煬溥天之下斯文盡喪
北方文典少於江東三分之一梁氏剥亂散逸湮亡唯孝元鳩合通重十餘萬史籍以來未之有也
兵敗悉焚之海內無復書府憐嬰孺之何辜矜老疾之無狀奪
諸懷而棄草踣於塗而受掠冤乘輿之殘酷軫人
神之無狀載下車以黜喪揜桐棺之藁葬雲無心
以容與風懷憤而憀恨井伯飲牛於秦中子卿牧
羊於海上留釧之妻人銜其斷絕擊磬之子家纏

其悲愴小臣恥其獨死實有媿於胡顔牽痾疻而就路時患脚氣策駑蹇以入關官疲驢瘦馬下無景而屬蹈上有尋而亟搴嗟飛蓬之日永恨流梗之無還若乃玄牛之旌九龍之路土圭測影璿璣審度或先聖之規模乍前王之典故與神鼎而偕沒切仙宮之永慕爾其十六國之風教七十代之州壤接耳目而不通詠圖書而可想何黎氓之匪昔徒山川之猶曩每結思於江湖將取弊於羅網聆代竹之哀怨聽出塞之嘹朗對皓月以增愁臨芳罇而無

賞自太清之内釁彼天齊而外侵始蹙國於淮滸遂壓境於江潯（侯景之亂齊氏深斥梁家土宇江北淮北唯於蘆江晉熙高唐新蔡西陽齊昌數郡至孝元之敗於是盡矣以江爲界也）獲仁厚之麟角剋儁秀之南金爰衆旅而納主車五百以敻臨（齊遣上黨王渙率兵數萬納梁貞陽侯明爲主）返季子之觀樂釋鍾儀之鼓琴（梁武聘使謝挺徐陵始得還南凡厥梁臣皆以禮遣）竊聞風而清耳傾見日之歸心試拂蓍以貞筮遇交泰之吉林（之推聞梁人返國故有犇齊之心以丙子歲旦筮東行吉不遇泰之坎乃喜曰天地交泰更習坎重險行而不失其信此吉卦也但恨小往大來耳後遂吉也）譬欲秦而更楚假南路於東尋乘龍

門之一曲歷砥柱之雙岑冰夷風薄而雷呴陽侯山載而谷沈怦挐龜以憑濬類斬蛟而赴深昏揚舲於分陝曙結纜於河陰水路七百里一夜而至追風飈之逸氣從忠信以行吟遭厄命而事旋舊國從於采芑先廢君而誅相訖變朝而易市至鄴便值陳興而梁滅故不得還南遂留滯於漳濱私自憐其何已謝黃鵠之迴集恧翠鳳之高峙曾微令思之對空竊彥先之仕纂書盛化之旁待詔崇文之裏齊武平中署文林館待詔者僕射陽之祖孝徵以下三十餘人之推專掌其撰修文殿御覽續文章流別等皆詣進賢門奏之珥貂蟬

而就列執麾蓋以入齒 時以通直散騎常侍遷黃門郎也 款一相之故人 故人祖僕射掌機密吐納帝令也 賀萬乘之知己秖夜語之見忌寧懷璧之足恃諫譖言之矛戟惕險情之山水由重裘以寒勝用去薪而沸止 時武職疾文人之推蒙禮遇每構創痏故侍中崔季舒等六人以諫誅之推爾日鄰禍而儕流或有毀之推於祖僕射者僕射察之無實所知如舊不忘 予武成之燕翼遵春坊而原始唯驕奢之是脩亦佞臣之云使 武成奢侈後宮御者數百人食於水陸貢獻珍異至乃厭飽棄於厠中褌衣悉羅纈錦繡珍玉織成五百一段爾後宮掖遂爲舊事後主之在宮乃使駱提婆母陸氏爲之又胡人何洪珍等爲左右後皆預政亂國焉 惜染絲之良質

惰琢玉之遺祉用夷吾而治臻昵狄牙而亂起（祖孝徵用事則朝野翕然政刑有綱紀矣駱提婆等苦孝徵以法繩己譖而出之於是教令昏僻至於滅亡）誠怠荒於政度惋驅除之神速肇平陽之爛魚次太原之破竹（晉州小失利便棄軍還并又不守并州奔走向鄴）寔未改於弦望遂（闕五字）及都（闕一字）而昇降懷墳墓之淪覆迷識主而狀人競已棲而擇木六馬紛其顛沛千官散於奔逐無寒瓜以療饑靡秋螢而照宿（時在季冬故無此物）讎敵起於舟中胡越生於輦轂壯安德之一戰邀文武之餘福屍狼籍其如莽血玄黃以

成谷後主奔後安安德王延宗收合餘燼於并州夜戰殺千人周主欲退齊將之降周者告以虛實故留至明而安德敗也天命縱不可再來猶賢死廟而慟哭乃詔余以典郡據要路而問津除之推爲平原郡據河津以爲奔陳之計斯呼航而濟水郊鄉導於善鄰約以鄴下一戰不剋當與之推入陳不羞寄公之禮願爲式微之賓忽成言而中悔矯陰疏而陽親信諂謀於公主競受陷於姦臣丞相高阿那肱等不願入南又懼失齊主得罪於周朝故疏間之推所以齊主留之推守平原城而索船度濟向青州阿那肱求自鎮濟州乃啓報應齊主云無賊勿怱怱遂道周軍追齊王而及之曩九圍以制命今八尺而由人四七之期必盡百六

之數遠也（趙郡李穆叔調妙古天文算術齊初踐祚計止於二十八年至是如期而滅）

予一生而三化備荼苦而蓼辛（在陽都值侯景弑簡文而篡位於江陵逢孝元覆滅至此而三爲亡國之人）鳥焚林而鎩翮魚奪水而暴鱗嗟宇宙之遼曠愧無所而容身夫有過而自訟始發矇於天真遠絕聖而棄智妄鎖義以羈仁舉世溺而欲拯王道鬱以求申既銜石以填海終荷戟以入秦亡壽陵之故步臨大行以逡巡向使潛於草茅之下甘爲畎畝之人無讀書而學劒莫抵掌以膏身委明珠而樂賤辭白璧以安貧堯舜不

能榮其素樸桀紂無以汙其清塵此窮何由而至茲辱安所自臻而今而後不敢怨天而泣麟也之推在齊有二子長曰思魯次曰敏楚不忘本也之推集有思魯自爲序録

顏氏家訓卷之上

安成顏欲章編
鹽官姚士粦校

序致篇一

夫聖賢之書敎人誠孝愼言檢迹立身揚名亦已備矣魏晉以來所著諸子理重事複遞相模斆猶屋下架屋牀上施牀耳吾今所以復爲此者非敢軌物範世也業以整齊門內提撕子孫夫同言而信信其所親同命而行行其所服禁童子之暴謔

則師友之誡不如傅婢之指揮止凡人之鬬鬩則堯舜之道不如寡妻之誨諭吾望此書爲汝曹之所信猶賢於傅婢寡妻耳　吾家風教素爲整密昔在齠齔便蒙誨誘每從兩兄曉夕溫凊規行矩步安辭定色鏘鏘翼翼若朝嚴君焉賜以優言問所好尚勵短引長莫不懇篤年始九歲便丁荼蓼家塗離散百口索然慈兄鞠養苦辛備至有仁無威導示不切雖讀禮傳微愛屬文頗爲凡人之所陶染肆欲輕言不備邊幅年十八九少知砥礪習

若自然卒難洗盪二十以後大過稀焉每常心共口敵性與情兢夜覺曉非今悔昨失自憐無教以至於斯追思平昔之指銘肌鏤骨非徒古書之誡經目過耳故留此二十篇以爲汝曹後範耳

教子篇二

上智不教而成下愚雖教無益中庸之人不教不知也古者聖王有胎教之法懷子三月出居別宮目不邪視耳不妄聽音聲滋味以禮節之書之玉版藏諸金櫃子生咳㖷師保固明仁孝禮義導習

之矣凡庶縱不能爾當及嬰稚識人顏色知人喜怒便加教誨使爲則爲使止則止比及數歲可省笞罰父母威嚴而有慈則子女畏愼而生孝矣吾見世間無教而有愛每不能然飲食運爲恣其所欲宜誡翻獎應訶反笑至有識知謂法當耳驕慢已習方復制之捶撻至死而無威忿怒日隆而增怨逮于成長終爲敗德孔子云少成若天性習慣如自然是也俗諺曰教婦初來教兒嬰孩誠哉斯語

凡人不能教子女者亦非欲陷其罪惡但重

於訶怒傷其顏色不忍楚撻慘其肌膚耳當以疾病爲諭安得不用湯藥針艾救之哉又宜思勤督訓者可願苛虐於骨肉乎誠不得已也王大司馬母魏夫人性甚嚴正王在湓城時爲三千人將年踰四十少不如意猶捶撻之故能成其勳業梁元帝時有一學士聰敏有才爲父所寵失於教義一言之是徧於行路終年譽之一行之非揜藏文飾兾其自改年登婚宦暴慢日滋竟以言語不擇爲周逖抽腸釁鼓云　父子之嚴不可以狎骨肉之

愛不可以簡簡則慈孝不接狎則怠慢生焉由命士以上父子異宮此不狎之道也抑搔癢痛懸衾篋枕此不簡之教也或問曰陳亢喜聞君子之遠其子何謂也對曰有是也蓋君子之不親教其子也詩有諷刺之詞禮有嫌疑之誡書有悖亂之事春秋有衺僻之譏易有備物之象皆非父子之可通言故不親授耳（其意見白虎通）

齊武成帝子瑯琊王太子母弟也生而聰慧帝及后並篤愛之衣服飲食與東宮相準帝每面稱之曰此黠兒也當有所

成及太子即位王居別宮禮數優僭不與諸王等太后猶謂不足常以爲言年十許歲驕恣無節器服翫好必擬乘輿常朝南殿見典御進新氷鉤盾獻早李還索不得遂大怒訽曰至尊已有我何意無不知分齊率皆如此識者多有叔段州吁之譏後嫌宰相遂矯詔斬之又懼有救乃勒麾下軍士防守殿門既無反心受勞而罷後竟坐此幽薨

人之愛子罕亦能均自古及今此弊多矣賢俊者自可賞愛頑魯者亦當矜憐有偏寵者雖欲以厚

之更所以禍之共叔之死毋實爲之趙王之戮父實使之劉表之傾宗覆族袁紹之地裂兵亡可爲靈龜明鑒也　齊朝有一士大夫嘗謂吾曰我有一兒年已十七頗曉書疏教其鮮卑語及彈琵琶稍欲通解以此伏事公卿無不寵愛亦要事也吾時俛而不答異哉此人之教子也若由此業自致卿相亦不願汝曹爲之

兄弟篇三

夫有人民而後有夫婦有夫婦而後有父子有父

子而後有兄弟一家之親此三而已矣自茲以往至于九族皆本於三親焉故於人倫爲重者也不可不篤兄弟者分形連氣之人也方其幼也父母左提右挈前襟後裾食則同案衣則傳服學則連業遊則共方雖有悖亂之人不能不相愛也及其壯也各妻其妻各子其子雖有篤厚之人不能不少衰也娣姒之比兄弟則疏薄矣今使疏薄之人而節量親厚之恩猶方底而圓蓋必不合矣唯友悌深至不爲傍人之所移者免夫　二親既殁兄

弟相顧當如形之與影聲之與響愛先人之遺體惜巳身之分氣非兄弟何念哉兄弟之際異於他人望深則易怨地親則易弭譬猶居室一穴則塞之一隙則塗之則無頹毀之慮如雀鼠之不卹風雨之不防壁陷楹淪無可救矣僕妾之爲雀鼠妻子之爲風雨甚哉　兄弟不睦則子姪不愛子姪不愛則羣從疏薄羣從疏薄則僮僕爲讎敵矣如此則行路皆踖其面而蹈其心誰救之哉人或交天下之士皆有歡愛而失敬於兄者何其能多而

不能少也人或將數萬之師得其死力而失恩於弟者何其能疎而不能親也　娣姒者多爭之地也使骨肉居之亦不若各歸四海感霜露而相思佇日月之相望也況以行路之人處多爭之地能無閒者鮮矣所以然者以其當公務而執私情處重責而懷薄義也若能恕己而行換子而撫則此患不生矣　人之事兄不可同於事父何怨愛弟不及愛子乎是反照而不明也沛國劉璡嘗與兄瓛連棟隔壁瓛呼之數聲不應良久方答瓛怪問

之乃云向來未着衣帽故也以此事兄可以免矣
江陵王玄紹弟孝英子敏兄弟三人特相愛友所
得甘旨新異非共聚食必不先嘗孜孜色貌相見
如不足者及西臺陷没玄紹以形體魁梧爲兵所
圍二弟爭共抱持各求代死終不得解遂并命爾

後娶篇四

吉甫賢父也伯奇孝子也賢父御孝子合得終於
天性而後妻間之伯奇遂放曾參婦死謂其子曰
吾不及吉甫汝不及伯奇王駿喪妻亦謂人曰我

不及曾參子不如華元並終身不娶此等足以爲誡其後假繼慘虐孤遺離間骨肉傷心斷腸者何可勝數慎之哉慎之哉　江左不諱庶孽喪室之後多以妾媵終家事疥癬蚊虻或未能免限以大分故稀鬬鬩之恥河北鄙於側出不預人流是以必須重娶至于三四母年有少於子者後母之弟與前婦之兄衣服飲食爰及婚宦至于士庶貴賤之隔俗以爲常身没之後辭訟盈公門謗辱彰道路子誣母爲妾弟黜兄爲傭播揚先人之辭迹暴

露祖考之長短以求直己者往往而有悲夫自古姦臣佞妾以一言陷人者衆矣況夫婦之義曉夕移之婢僕求容助相說引積年累月安有孝子乎此不可不畏

凡庸之性後夫多寵前夫之孤後妻必虐前妻之子非唯婦人懷嫉妬之情丈夫有沉惑之僻亦事勢使之然也前夫之孤不敢與我子爭家提攜鞠養積習生愛故寵之前妻之子每居己生之上宦學婚嫁莫不爲防焉故虐之異姓寵則父母被怨繼親虐則兄弟爲讎家有此者

皆門戶之禍也　思魯等從舅殷外臣博達之士也有子基諶皆已成立而再娶王氏基每拜見後母感慕嗚咽不能自持家人莫忍仰視王亦悽愴不知所容旬月求退便以禮遣此亦悔事也　後漢書曰安帝時汝南薛包字孟嘗好學篤行喪母以至孝聞及父娶後妻而憎包分出之包日夜號泣不能去至被毆杖不得已廬於舍外旦入而灑掃父怒又逐之乃廬於里門昏晨不廢積歲餘父母慚而還之後行六年服喪過乎哀既而弟子求

分財異居包不能止乃中分其財奴婢引其老者曰與我共事久若不能使也田廬取其荒頓者曰吾少時所理意所戀也器物取其朽敗者曰我素所服食身口所安也弟子數破其產還復賑給建光中公車特徵至拜侍中包性恬虛稱疾不起以死自乞有詔賜告歸也

治家篇五

夫風化者自上而行於下者也自先而施於後者也是以父不慈則子不孝兄不友則弟不恭夫不

義則婦不順矣父慈而子逆兄友而弟傲夫義而婦陵則天之凶民乃刑戮之所攝非訓導之所移也笞怒廢於家則豎子之過立見刑罰不中則民無所措手足治家之寬猛亦猶國焉孔子曰奢則不遜儉則固與其不遜也寧固又云雖有周公之才之美使驕且吝其餘不足觀也已然則可儉而不可吝也儉者省約為禮之謂也吝者窮急不卹之謂也今有奢則施儉則吝如能施而不奢儉而不悋可矣

生民之本要當稼穡而食桑麻以衣

蔬果之蓄園塲之所産雞豚之善塒圈之所生爰及棟宇器械樵蘇脂燭莫非種植之物也至能守其業者閉門而爲生之具以足但家無鹽井耳今北土風俗率能躬儉節用以贍衣食江南奢侈多不逮焉　梁孝元世有中書舍人治家失度而過嚴刻妻妾遂共貨刺客伺醉而殺之　世間名士但務寛仁至於飲食饟饋僮僕減損施惠然諾妻子節量狎侮賓客侵耗鄉黨此亦爲家之巨蠹矣　齊吏部侍郎房文烈未甞嗔怒經霖雨絶糧遣婢

糴米因爾逃竄三四許日方復擒之房徐曰舉家無食汝何處來竟無捶撻當寄人宅奴婢徹屋爲薪略盡聞之顰蹙卒無一言　裴子野有疎親故屬飢寒不能自濟者皆收養之家素淸貧時逢水旱二石米爲薄粥僅得徧焉躬自同之常無厭色鄴下有一領軍貪積已甚家童八百誓滿千人朝夕肴膳以十五錢爲率遇有客旅便無以兼後坐事伏法籍其家產麻鞋一屋弊衣數庫其餘財寶不可勝言南陽有人爲生奧博性殊儉吝冬至後

女壻謂之乃設一銅甌酒數臠麞肉壻恨其單率一舉盡之主人愕然俛仰命益如此者再退而責其女曰某郎好酒故汝常貧及其死後諸子爭財兄遂殺弟　婦主中饋唯事酒食衣服之禮耳國不可使預政家不可使幹蠱如有聰明才智識達古今正當輔佐君子助其不足必無牝雞晨鳴以致禍也　江東婦女略無交遊其婚姻之家或十數年間未相識者唯以信命贈遺致殷勤焉鄴下風俗專以婦持門戶爭訟曲直造請逢迎車乘填

街衢綺羅盈府寺代子求官爲夫訴屈此乃恒代之遺風乎南間貧素皆事外飾車乘衣服必貴齊整家人妻子不免飢寒河北人事多由内政綺羅金翠不可廢闕羸馬顇奴僅充而已唱和之禮或爾汝之　河北婦人織紝組紃之事黼黻錦繡羅綺之工大優於江東也太公曰養女太多一費也陳蕃云盜不過五女之門女之爲累亦以深矣然天生蒸民先人傳體其如之何世人多不舉女賊行骨肉豈當如此而望福於天乎吾有疏親家饒

妓媵誕育將及便遣閽豎守之體有不安窺窻倚戶若生女者輒持將去母隨號泣莫敢救之使人不忍聞也　婦人之性率寵子壻而虐兒婦寵壻則兄弟之怨生焉虐婦則姊妹之讒行焉然則女之行留皆得罪於其家者母實爲之至有諺云落索阿姑餐此其相報也家之常弊可不誡哉　婚姻素對靖侯成規近世嫁娶遂有賣女納財買婦輸絹比量父祖計校錙銖責多還少市井無異或猥壻在門或傲婦擅室貪榮求利反招羞恥可不

愼歟　借人典籍皆須愛護先有缺壞就爲補治此亦士大夫百行之一也濟陽江祿讀書未竟雖有急速必待卷束整齊然後得起故無損敗人不厭其求假焉或有狼籍几案分散部袟多爲童幼婢妾之所點汙風雨犬鼠之所毀傷實爲累德吾每讀聖人之書未嘗不肅敬對之其故紙有五經詞義及賢達姓名不敢穢用也　吾家巫覡禱請絕於言議符書章醮亦無祈焉並汝曹所見也勿妖妄之費

風操篇六

吾觀禮經聖人之教箕箒七箸咳唾唯諾執燭沃盥皆有節度亦爲至矣但旣殘缺非復全書其有所不載及世事變改者學達君子自爲節度相承行之故世號士大夫風操而家門頗有不同所見互稱長短然其阡陌亦自可知昔在江南目能視而見之耳能聽而聞之蓬生麻中不勞翰墨汝曹生於戎馬之間視聽之所不曉故聊記録以傳示子孫 禮云見似目瞿聞名心瞿有所感觸惻愴

心眼若在從容平常之地幸須申其情耳必不可避亦當忍之猶如伯叔兄弟酷類先人可得終身腸斷與之絕耶又臨文不諱廟中不諱君所無私諱蓋知聞名須有消息不必期於顛沛而走也梁世謝舉甚有聲譽聞諱必哭爲世所譏又臧逢世臧嚴之子也篤學修行不墜門風孝元經牧江州遣往建昌督事郡縣民庶競修牋書朝夕輻輳几案盈積書有稱嚴寒者必對之流涕不省取記多廢公事物情怨駭竟以不辦而還此並過事也近

在揚都有一士人諱審而與沈氏交結周厚沈與其書名而不姓此非人情也凡避諱者皆須得其同訓以代換之桓公名白博有五皓之稱厲王名長琴有修短之目不聞謂布帛爲布皓呼腎腸爲腎修也梁武小名阿練子孫皆呼練爲絹乃謂銷鍊物爲銷絹物恐乖其義或有諱雲者呼紛紜爲紛烟有諱桐者呼梧桐樹爲白鐵樹便似戲笑耳周公名子曰禽孔子名兒曰鯉止在其身自可無禁至若衛侯魏公子楚太子皆名蟣虱長卿名犬

子王修名狗子上有連及理未爲通古之所行令
之所笑也北土多有名兒爲驢駒豚子者使其自
稱及兄弟所名亦何忍哉前漢有尹翁歸後漢有
鄭翁歸梁家亦有孔翁歸又有顧翁寵晉代有許
思妣孟少孤如此名字幸當避之今人避諱更急
於古名子者當爲孫地吾親識中有諱襄諱友諱
同諱清諱和諱禹交疏造次一座百犯聞者辛苦
無僇賴焉昔司馬長卿慕藺相如故名相如顧元
歎慕蔡邕故名雍而後漢有朱張字孫卿許暹字

顏回梁世有庾晏嬰祖孫登連古人姓爲名字亦鄙事也昔劉文饒不忍罵奴爲畜産今世愚人遂以相戲或有指名爲豚犢者有識傍觀猶欲掩耳況名之者乎近在議曹共平章百官秩祿有一顯貴當世名臣意嫌所議過厚齊朝有一兩士族文學之人謂此貴曰今日天下大同須爲百代典式豈得尚作關中舊意乎明公定是陶朱公大兒耳彼此歡笑不以爲嫌

昔侯霸之子孫稱其祖父曰家公陳思王稱其父爲家父母爲家母潘尼稱

其祖曰家祖古人之所行今人之所笑也及南北風俗言其祖及二親無云家者田里猥人方有此言耳凡與人言言已世父以次第稱之不云家者以尊於父不敢家也凡言姑姊妹女子子已嫁則以夫氏稱之在室則以次第稱之言禮成他族不得云家也子孫不得稱家者輕略之也蔡邕書集呼其姑女爲家姑家姊班固書集亦云家孫今竝不行也凡與人言稱彼祖父母世父母父母及長姑皆加尊字自叔父已下則加賢字尊卑之差也

王羲之書稱彼之母與自稱己母同不云尊字今所非也　南人冬至歲首不詣喪家若不修書則過節束帶以申慰北人至歲之日重行弔禮無明文則吾不取南人賓至不迎相見捧手而不揖送客下席而已北人迎送並至門相見則揖古之道也吾善其迎揖　昔者王侯自稱孤寡不穀自茲以降雖孔子聖師與門人言皆稱名也後雖有臣僕之稱行者蓋亦寡焉江南輕重各有謂號具諸書儀北人多稱名者乃古之遺風吾善其稱

名焉　言及先人理當感慕古者之所易今人之所難江南事不獲已乃陳文墨㦀㦀無言者須言閥閱必以文翰罕有面論者北人無何便爾話說及相訪問如此之事不可加於人也人加諸巳則當避之名位未高如為勳貴所逼隱忍方便速報取了勿取煩重感辱祖父若沒言須及者則斂肅坐稱大門中世父叔父則稱從兄弟門中則稱亡者子某門中各以其尊卑輕重為容色節皆變於常若與君言雖變於色猶云亡祖亡

亡叔也吾見名士亦有呼其亡兄弟爲兄子弟子門中者亦未爲安帖也北土多不行此太山羊侃梁初入南吾近至鄴其兄子肅訪侃委曲吾答之云卿從門中在梁如此如此肅曰是我親第七亡叔非從也祖孝徵在坐先知江南風俗乃謂之云賢從弟門中何故不解古人皆呼伯父叔父而今世多單呼伯叔從兄弟姊妹已孤而對其前呼其母爲伯叔母此不可避者也兄弟之子已孤與他人言對孤者前呼爲兄子弟子頗爲不忍北土多

呼爲姪案爾雅喪服經左傳姪名雖通男女並是
對姑之稱晉世已來始呼叔姪今呼爲姪於理爲
勝也別易會難古人所重江南餞送下泣言離有
王子侯梁武帝弟出爲東郡與武帝別帝曰我年
已老與汝分張甚心惻愴數行淚下侯遂密雲赧
然而出坐此被責飄颻舟渚一百許日卒不得去
北間風俗不屑此事岐路言離歡笑分首然人
自有少涕淚者腸雖欲絕目猶爛然如此之人
可強責　凡親屬名稱皆須粉墨不可濫也

風教者其父已孤呼外祖父母與祖父母同使人爲其不喜聞也雖質於面皆當加外以別之父母之世叔父皆當加其次第以別之父母之世叔母皆當加其姓以別之父母之羣從世叔父母及從祖父母皆當加其爵位若姓以別之河北士人皆呼外祖父母爲家公家母江南田里閒亦言之以家代外非吾所識凡宗親世數有從父有從祖有族祖江南風俗自茲已往高秩者通呼爲尊同昭穆者雖百世猶稱兄弟若對他人稱之皆云族人

河北士人雖三二十世猶呼爲從伯從叔梁武帝嘗問一中土人曰卿北人何故不知有族荅曰骨肉易疎不忍言族耳當時雖爲敏對於禮未通吾嘗問周弘讓曰父母中外姊妹何以稱之周曰亦呼爲丈人自古未見丈人之稱施於婦人也吾親表所行若父屬者爲其姓姑母屬者爲其姓姨中外丈人之婦猥俗呼爲丈母士大夫謂之王母謝母云而陸機集有與長沙顧母書乃其從叔母也今所不行齊朝士子皆呼祖僕射爲祖公全不嫌

有所涉也乃有對面以相戲者　古者名以正
字以表德名終則諱之字乃可以爲孫氏孔子
子記事者皆稱仲尼呂后微時甞字高祖爲季
漢袁種字其叔父曰絲王丹與侯霸子語字霸爲
君望江南至今不諱字也河北士人全不辨之名
亦呼爲字字固因呼爲字尚書王元景兄弟皆號
名人其父名雲字羅漢一皆諱之其餘不足怪也
禮間傳云斬縗之哭若往而不反齊縗之哭若往
而反大功之哭三哭而哀小功緦麻哀容可也此

哀之發於聲音也孝經云哭不哀皆論哭有輕重質文之聲也禮以哭有言者爲號然則哭亦有辭也江南喪哭時有哀訴之言耳山東重喪則唯呼蒼天朞功以下則唯呼痛深便是號而不哭　江南凡遭重喪若相知者同在城邑三日不弔則絕之除喪雖相遇則避之怨其不己憫也有故及道遥者致書可也無書亦如之北俗則不爾江南凡弔者主人之外不識者不執手識輕服而不識主人則不於會所而弔他日修名詣其家　陰陽說

云辰爲水墓又爲土墓故不得哭王充論衡云辰日不哭哭則重喪今無教者辰日有喪不問輕重舉家清謐不敢發聲以辭弔客道書又曰晦歌朔哭皆當有罪天奪之筭喪家朔望哀感彌深寧當惜壽又不哭也亦不諭　偏傍之書死有歸殺子孫逃竄莫肯在家畫瓦書符作諸厭勝喪出之日門前然火戶外列灰祓送家鬼章斷注連凡如此比不近有情乃儒雅之罪人彈議所當加也　已孤而履歲及長至之節無父拜母祖父母世叔父

母姑兄姊則皆泣無母拜父外祖父母舅姨兄姊亦如之此人情也　江左朝臣子孫初釋服朝見二宮皆當泣涕二宮爲之改容頗有膚色充澤無哀感者梁武薄其爲人多被抑退裴政出服問訊武帝貶瘦枯槁涕泗滂沱武帝目送之曰裴之禮不死也　二親既殁所居齋寢子與婦弗忍入焉北朝頓丘李構母劉氏夫人亡後所住之堂終身鎖閉弗忍開入也夫人宋廣州刺史纂之孫女故構猶染江南風教其父奬爲揚州刺史鎮壽春遇

害構嘗與王松年祖孝徵數人同集談讌孝徵善畫遇有紙筆圖寫爲人頃之因割鹿尾戲截畫人以示構而無他意構愴然動色便起就馬而去舉坐驚駭莫測其情祖君尋悟方深反側當時罕有能感此者吳郡陸襄父閑被刑襄終身布衣蔬飯雖薑菜有切割皆不忍食居家唯以掐摘供廚江陵姚子篤母以燒死終身不忍噉炙豫章熊康父以醉而爲奴所殺終身不復嘗酒然禮緣人情恩由義斷親以噎死亦當不可絕食　禮經父之遺

書母之杯圈感其手口之澤不忍讀用政爲常所講習讎校繕寫及偏加服用有迹可思者耳若尋常墳典爲生什物安可悉廢之乎既不讀用無容散逸唯當緘保以留後世耳思魯等第四舅母親吳郡張建女也有第五妹三歲喪母靈牀上屏風平生舊物屋漏沾濕出曝曬之女子一見伏牀流涕家人恠其不起乃往抱持薦席淹漬精神傷沮不能飲食將以問醫醫診脉云腸斷矣因爾便吐血數日而亡中外憐之莫不悲歎　禮云忌日不

樂正以感慕罔極惻愴無聊故不接外賓不理衆務耳必能悲慘自居何限於深藏也世人或端坐奥室不妨言笑盛營甘美厚供齋食迫有急卒密戚至交盡無相見之理蓋不知禮意乎魏世王修母以社日亡來歲社日修感念哀甚鄰里聞之爲之罷社今二親喪亡偶值伏臘分至之節及月小晦後忌之外所經此日猶應感慕異於餘辰不預飲讌聞聲樂及行遊也　劉縚緩綏兄弟並爲名器其父名昭一生不爲照字唯依爾雅火傍作召

耳然凡文與王諱相犯當自可避其有同音異字不可悉然劉字之下即有昭音呂尚之兒如不爲上趙壹之子儻不作一便是下筆即妨是書皆觸也甞有甲設讌席請乙爲賓而旦於公庭見乙之子問之曰尊侯早晚顧宅乙子稱其父已往時以爲笑如此比例觸類慎之不可陷於輕脫

江南風俗兒生一朞爲製新衣盥浴裝飾男則用弓矢紙筆女則刀尺鍼縷並加飲食之物及珍寶服翫置之兒前觀其發意所取以驗貪廉愚智名之

爲試兒親表聚集致燕享焉自茲已後二親若在每至此日常有酒食之事耳無教之徒雖已孤露其日皆爲供頓酣暢聲樂不知有所感傷梁孝元年少之時每八月六日載誕之辰常設齋講自阮修容薨歿之後此事亦絶　人有憂疾則呼天地父母自古而然今世諱避觸途急切而江東士庶痛則稱禰禰是父之廟號父在無容稱廟父歿何容輒呼蒼頡篇有倄（下交切痛聲也）字訓詁云痛而謼也（謼火故反）音羽罪反今北人痛則呼之聲類音下交反

今南人痛或呼之此二音隨其鄉俗並可行也

梁世被繫劾者子孫弟姪皆詣闕三日露跣陳謝子孫有官自陳解職子則草屩麤衣蓬頭垢面周章道路要候執事叩頭流血申訴冤枉若配徒隸諸子並立草菴於所署門不敢寧宅動經旬日官司驅遣然後始退江南諸憲司彈人事事雖不重而以教義見辱者或被輕繫而身死獄戶者皆爲怨讎子孫三世不交通矣到洽爲御史中丞初欲彈劉孝綽其兄溉先與劉善苦諫不得乃詣劉涕

泣告別而去　兵凶戰危非安全之道古者天子喪服以臨師將軍鑿凶門而出父祖伯叔若在軍陣貶損自居不宜奏樂讌會及婚冠吉慶事也若居圍城之中憔悴容色除去飾翫常爲臨深履薄之狀焉父母疾篤醫雖賤雖少則涕泣而拜之以求哀也梁孝元在江州嘗有不豫世子方等親拜中兵參軍李猷　四海之人結爲兄弟亦何容易必有志均義敵令終如始者方可議之一爾之後命子拜伏呼爲丈人申父友之敬身事彼親亦

宜加禮比見北人甚輕此節行路相逢便定昆季
望年觀貌不擇是非至有結父爲兄託子爲弟者
昔者周公一沐三握髮一飯三吐餐以接白屋之
士一日所見七十餘人晉文公以沐辭豎頭須致
有圖反之誚門不停賓古所貴也失教之家閽寺
無禮或以主君寢食嗔怒拒客不通江南深以爲
恥黄門侍郎裴之禮號善爲士大夫有如此輩對
賓杖之其門生僮僕接於他人折旋俯仰辭色應
對莫不肅敬與主無別也

慕賢篇七

古人云千載一聖猶旦暮也五百年一賢猶比膊也言聖賢之難得疏闊如此儻遭不世明達君子安可不攀附景仰之乎吾生於亂世長於戎馬流離播越聞見已多所值名賢未嘗不心醉魂迷向慕之也人在少年神情未定所與款狎熏漬陶染言笑舉動無心於學潛移暗化自然似之何況操履藝能較明易習者也是以與善人居如入芝蘭之室久而自芳也與惡人居如入鮑魚之肆久而

自臭也墨翟悲於染絲是之謂矣君子必慎交遊焉孔子曰無友不如己者顏閔之徒何可世得但優於我便足貴之世人多蔽貴耳賤目重遙輕近少長周旋如有賢哲每相狎侮不加禮敬他鄉異縣微藉風聲延頸企踵甚於飢渴校長短覈精麤或彼不能如此矣所以魯人謂孔子爲東家丘昔虞國宮之奇少長於君君狎之不納其諫以至亡國不可不留心也用其言棄其身古人所恥凡有一言一行取於人者皆顯稱之不可竊人之美以

爲巳力雖輕雖賤者必歸功焉竊人之財刑辟之所處竊人之美鬼神之所責梁孝元前在荆州有丁覘者洪亭民耳頗善屬文殊工草隸孝元書記一皆使之軍府輕賤多未之重耻令子弟以爲楷法時云丁君十紙不敵王褒數字吾雅愛其手迹常所寶持孝元甞遣典籤惠編送文章示蕭祭酒祭酒問云君王比賜書翰及寫詩筆殊爲佳手姓名爲誰那得都無聲問編以實答子雲歎曰此人後生無比遂不爲世所稱亦是奇事於是聞者少

復刮目稍仕至尚書儀曹郎末為晉安王侍讀隨王東下及西臺陷歿簡牘湮散丁亦尋卒於揚州前所輕者後思一紙不可得矣侯景初入建業臺門雖閉公私草擾各不自全太子左衛率羊侃坐東掖門部分經略一宿皆辦遂得百餘日抗拒兇逆于時城內四萬許人王公朝士不下一百便是恃侃一人安之其相去如此古人云巢父許由讓於天下市道小人爭一錢之利亦已懸矣　齊文宣帝即位數年便沈湎縱恣略無綱紀尚能委政

尚書令楊遵彦內外清謐朝野晏如各得其所物無異議終天保之朝遵彦後爲孝昭所戮刑政於是衰矣斛律明月齊朝折衝之臣無罪被誅將士解體周人始有吞齊之志關中至今譽之此人用兵豈止萬夫之望而已也國之存亡係其生死

張延雋之爲晉州行臺左丞匡維主將鎮撫疆埸儲積器用愛活黎民隱若敵國矣羣小不得行志同力遷之既代之後公私擾亂周師一舉此鎮先平齊亡之迹啓於是矣

勉學篇八

自古明王聖帝猶須勤學況凡庶乎此事遍於經史吾亦不能鄭重聊舉近世切要以啓寤汝耳士大夫子弟數歲已上莫不被教多者或至禮傳少者不失詩論及至冠婚體性稍定因此天機倍須訓誘有志尚者遂能磨礪以就素業無履立者自兹墮慢便爲凡人人生在世會當有業農民則計量耕稼商賈則討論貨賄工巧則致精器用伎藝則沈思法術武夫則慣習弓馬文士則講議經書

多見士大夫恥涉農商羞務工伎射既不能穿札筆則纔記姓名飽食醉酒忽忽無事以此銷日以此終年或因家世餘緒得一階半級便謂爲足安能自苦及有吉凶大事議論得失蒙然張口如坐雲霧公私宴集談古賦詩塞默低頭欠伸而已有識傍觀代其入地何惜數年勤學長受一生愧辱哉梁朝全盛之時貴遊子弟多無學術至於諺云上車不落則著作體中何如則祕書無不燻衣剃面傅粉施朱駕長簷車跟高齒屐坐棊子方褥憑

斑絲隱囊列器玩於左右從容出入望若神仙明經求第則顧人答策三九公讌則假手賦詩當爾之時亦快士也及離亂之後朝市遷革銓衡選舉非復曩者之親當路秉權不見昔時之黨求諸身而無所得施之世而無所用被褐而喪珠失皮而露質兀若枯木泊若窮流鹿獨戎馬之間轉死溝壑之際當爾之時誠駑材也有學藝者觸地而安自荒亂已來諸見俘虜雖百世小人知讀論語孝經者尚爲人師雖千載冠冕不曉書記者莫不耕

田養馬以此觀之安可不自勉耶若能常保數百卷書千載終不爲小人也夫明六經之指涉百家之書縱不能增益德行敦厲風俗猶爲一藝得以自資父兄不可常依鄉國不可常保一旦流離無人庇廕當自求諸身耳諺曰積財千萬不如薄伎在身伎之易習而可貴者無過讀書也世人不問愚智皆欲識人之多見事之廣而不肯讀書是猶求飽而懶營饌欲暖而惰裁衣也夫讀書之人自羲農已來宇宙之下凡識幾人凡見幾事生民之

成敗好惡固不足論天地所不能藏鬼神所不能隱也有客難主人曰吾見強弩長戟誅罪安民以取公侯者有矣文義習史匡時富國以取卿相者有矣學備古今才兼文武身無祿位妻子飢寒者不可勝數安足貴學乎主人對曰夫命之窮達猶金玉木石也修以學藝猶磨瑩雕刻也金玉之磨瑩自美其鑛璞木石之段塊自醜其雕刻安可言木石之雕刻乃勝金玉之鑛璞哉不得以有學之貧賤比於無學之富貴也且負甲爲兵咋筆爲吏

身死名滅者如牛毛角立傑出者如芝草握素披黄吟道詠德苦辛無益者如月蝕逸樂名利者如秋荼豈得同年而語矣且又聞之生而知之者上學而知之者次所以學者欲其多知明達耳必有天才拔羣出類爲將則闇與孫武吳起同術執政則懸得管仲子產之教雖未讀書吾亦謂之學矣今子即不能然不師古之蹤跡猶蒙被而臥耳人見隣里親戚有佳快者使子弟慕而學之不知使學古人何其蔽也哉世人但知跨馬被甲長矟强

弓便云我能爲將不知明乎天道辨乎地利比量逆順鑒達興亡之妙也但知承上接下積財聚穀便云我能爲相不知敬鬼事神移風易俗調節陰陽薦舉賢聖之至也但知私財不入公事夙辨便云我能治民不知誠已形物執轡生組反風滅火化鴟爲鳳之術也但知抱令守律早刑晚舍便云我能平獄不知同轅觀罪分劔追財假言而奸露不問而情得之察也爰及農商工賈廝役奴隷釣魚屠肉飯牛牧羊皆有先達可爲師表博學求之

無不利於事也夫所以讀書學問本欲開心明目利於行耳未知養親者欲其觀古人之先意承顏怡聲下氣不憚劬勞以致甘腝惕然慙懼起而行之也未知事君者欲其觀古人之守職無侵見危授命不忘誠諫以利社稷惻然自念思欲効之也素驕奢者欲其觀古人之恭儉節用卑以自牧禮爲教本敬者身基瞿然自失斂容抑志也素鄙悋者欲其觀古人之貴義輕財少私寡慾忌盈惡滿賙窮卹匱赧然悔恥積而能散也素暴悍者欲其

觀古人之小心黜己齒弊舌存含垢藏疾尊賢容衆薾然沮喪若不勝衣也素怯懦者欲其觀古人之達生委命強毅正直立言必信求福不回勃然奮厲不可恐懾也歷茲以往百行皆然縱不能淳去泰去甚學之所知施無不達世人讀書者但能言之不能行之忠孝無聞仁義不足加以斷一條訟不必得其理宰千戶縣不必理其民問其造屋不必知楣橫而梲竪也問其爲田不必知稷早而黍稺也吟嘯談謔諷詠辭賦事既優閑材增迂誕

軍國經綸略無施用故爲武人俗吏所共嗤詆良
由是乎夫學者所以求益爾見人讀數十卷書便
自高大凌忽長者輕慢同列人疾之如讐敵惡之
如鴟梟如此以學自損不如無學也古之學者爲
已以補不足也今之學者爲人但能說之也古之
學者爲人行道以利世也今之學者爲已修身以
求進也夫學者猶種樹也春翫其華秋登其實講
論文章春華也修身利行秋實也人生小幼精神
專利長成已後思慮散逸故須早敎勿失機也吾

七歲時誦靈光殿賦至于今日十年一理猶不遺忘二十之外所誦經書一月廢置便至荒蕪矣然人有坎壈失於盛年猶當晚學不可自棄孔子云五十以學易可以無大過矣魏武袁遺老而彌篤此皆少學而至老不倦也曾子七十乃學名聞天下荀卿五十始來遊學猶爲碩儒公孫弘四十餘方讀春秋以此遂登丞相朱雲亦四十始學易論語皇甫謐二十始受孝經論語皆終成大儒此並早迷而晚寤也世人婚冠未學便稱遲暮因循面

墻亦爲愚爾幼而學者如日出之光老而學者如秉燭夜行猶賢乎瞑目而無見者也學之興廢隨世輕重漢時賢俊皆以一經弘聖人之道上明天時下該人事用此致卿相者多矣末俗已來不復爾空守章句但誦師言施之世務殆無一可故士大夫子弟皆以博涉爲貴不肯專儒梁朝皇孫已下總丱之年必先入學觀其志尚出身已後便從文吏略無卒業者冠冕爲此者則有何胤劉瓛明山賓周捨朱异周弘正賀琛賀革蕭子政劉緇等

兼通文史不徒講說也洛陽亦聞崔浩張偉劉芳鄴下又見邢子才四儒者雖好經術亦以才博擅名如此諸賢故爲上品以外率多田里閒人音辭鄙陋風操蚩拙相與專固無所堪能問一言輒酬數百責其指歸或無要會鄴下諺云博士買驢書券三紙未有驢字使汝以此爲師令人氣塞孔子曰學也祿在其中矣今勤無益之事恐非業也夫聖人之書所以設教但明練經文麤通注義常使言行有得亦足爲人何必仲尼居即須兩紙疏義

燕寢講堂亦復何在以此得勝寧有益乎光陰可惜譬諸逝水當博覽機要以濟功業必能兼美吾無間焉俗間儒士不涉羣書經緯之外義疏而已吾初入鄴與博陵崔文彥交遊嘗說王粲集中難鄭玄尚書事崔轉爲諸儒道之始將發口懸見排蹙云文集止有詩賦銘誄豈當論經書事乎且先儒之中未聞有王粲也崔笑而退竟不以粲集示之魏收之在議曹與諸博士議宗廟事引據漢書博士笑曰未聞漢書得證經術魏便忿怒都不復

言取韋玄成傳擲之而起博士一夜共披尋之達
明乃來謝曰不謂玄成如此學也　夫老莊之書
蓋全眞養性不肯以物累己也故藏名柱史終蹈
流沙匿跡漆園卒辭楚相此任縱之徒耳何晏王
弼祖述玄宗遞相誇尚景附草靡皆以農黃之化
在乎己身周孔之業棄之度外而平叔以黨曹爽
見誅觸死權之網也輔嗣以多笑人被疾陷好勝
之穽也山巨源以蓄積取譏背多藏厚亡之文也
夏侯玄以才望被戮無支離擁腫之鑒也荀奉倩

喪妻神傷而卒非鼓缶之情也王夷甫悼子悲不自勝異東門之達也嵇叔夜排俗取禍豈和光同塵之流也郭子玄以傾動專勢寧後身外已之風也阮嗣宗沈酒荒迷乖畏途相誡之譬也謝幼輿贓賄黜削違棄其餘魚之旨也彼諸人者並其領袖玄宗所歸其餘桎梏塵滓之中顛仆名利之下者豈可備言乎直取其清談雅論剖玄析微賓主往復娛心悅耳非濟世成俗之要也洎于梁世茲風復闡莊老周易總謂三玄武皇簡文躬自講論

周弘正奉贊大猷化行都邑學徒千餘實爲盛美元帝在江荆間復所愛習召置學生親爲教授廢寢忘食以夜繼朝至乃倦劇愁憤輒以講自釋吾時頗預末筵親承音指性既頑魯亦所不好云

齊孝昭帝侍婁太后疾容色顦顇服膳減損徐之才爲灸兩穴帝握拳代痛爪入掌心血流滿手后既痊愈帝尋疾崩遺詔恨不見太后山陵之事其天性至孝如彼不識忌諱如此良由無學所爲若見古人之譏欲母早死而悲哭之則不發此言也

孝為百行之首猶須學以修飾之況餘事乎　梁
元帝嘗為吾說昔在會稽年始十二便以好學時
又患疥手不得拳膝不得屈閉齋張葛幃避蠅獨
坐銀甌貯山陰甜酒時復進之以自寬痛率意自
讀史書一日二十卷既未師受或不識一字或不
解一語要自重之不知厭倦帝子之尊童稚之逸
尚能如此況其庶士冀以自達者哉古人勤學有
握錐投斧照雪聚螢鋤則帶經牧則編簡亦為勤
篤梁世彭城劉綺交州刺史勃之孫早孤家貧燈

燭難辦常買荻尺寸折之燃明夜讀孝元初出會稽精選寮寀綺以才華爲國常侍兼記室殊蒙禮遇終於金紫光禄　義陽朱詹世居江陵後出揚都好學家貧無資累日不爨乃時吞紙以實腹寒無氊被抱犬而卧犬亦飢虚起行盗食呼之不至哀聲動鄰猶不廢業卒成學士官至鎮南録事參軍爲孝元所禮此乃不可爲之事亦是勤學之一人東莞臧逢世年二十餘欲讀班固漢書苦假借不久乃就姊夫劉緩乞丐客刺書翰紙末手寫一

本軍府服其志尚卒以漢書聞齊有宦者内參田鵬鸞本蠻人也年十四五初爲閽寺便知好學懷袖握書曉夕諷誦所居卑末使役苦辛時伺閒隟周章詢請每至文林館氣喘汗流問書之外不暇他語及覩古人節義之事未嘗不感激沈吟久之吾甚憐愛倍加開奬後被賞遇賜名敬宣位至侍中開府後主之奔青州遣其西出參伺動靜爲周軍所獲問齊王何在紿云已去計當出境疑其不信歐捶服之每折一支辭色愈厲竟斷四體而卒

蠻夷童丱猶能以學成忠齊之將相比敬宣之奴不若也　鄴平之後見徙入關思魯嘗謂吾曰朝無祿位家無積財當肆筋力以申供養每被課督勤勞經史未知爲子可得安乎吾命之曰子當以養爲心父當以學爲教使汝棄學徇財豐吾衣食食之安得甘衣之安得暖若務先王之道紹家世之業藜羹縕褐我自欲之　書曰好問則裕禮云獨學而無友則孤陋而寡聞蓋須切磋相起明也見有閉門讀書師心自是稠人廣坐謬誤羞慚者

多矣穀梁傳稱公子友與莒挐相搏左右呼曰孟勞孟勞者魯之寶刀名亦見廣雅近在齊時有姜仲岳謂公子左右姓孟名勞多力之人為國所寶與吾苦諍時清河郡守邢峙當世碩儒助吾證之赧然而伏又三輔決錄云靈帝殿柱題曰堂堂乎張京兆田郎蓋引論語偶以四言目京兆人田鳳也有一才士乃言時張京兆及田郎二人皆堂堂耳聞吾此說初大驚駭其後尋愧悔焉江南有一權貴讀誤本蜀都賦注解蹲鴟芋也乃為羊字人饋

羊肉荅書云損惠蹲鴟舉朝驚駭不解事義久後尋跡方知如此元氏之世在洛京時有一才學重臣新得史記音而頗紕繆誤反顙項字項當爲許錄反錯作許緣反遂一一謂言從來謬音專旭當音專翾耳此人先有高名翕然信行朞年之後更有領儒苦相究討方知誤焉漢書王莽贊云紫色蠅聲餘分閏位謂以僞亂眞爾昔吾甞共人談書言及王莽形狀有一俊士自許史學名價甚高乃云王莽非直鴟目虎吻亦紫色蛙聲又禮樂志云

給太官挏馬酒李奇注以馬乳爲酒也撞挏乃成二字並從手撞都統反挏達孔反此謂撞擣挺挏之今爲酪酒亦然向學士又以爲種桐時太官釀馬酒乃熟其孤陋遂至於此太山羊肅亦稱學問讀潘岳賦周文弱枝之棗爲杖策之杖世本容成造曆以曆爲碓磨之磨談說製文援引古昔必須眼學勿信耳受江南閭里間士大夫或不學問羞爲鄙朴道聽塗說強事飾辭呼徵質爲周鄭謂霍亂爲博陸上荆州必稱陜西下揚都言去海郡言食則

餬口道錢則孔方問移則楚丘論婚則宴爾及王
則無不仲宣語劉則無不公幹凡有一二百件傳
相祖述尋問莫知源由施安時復失所莊生有乘
時鵲起之說故謝朓詩曰鵲起登吳臺吾有一親
表作七夕詩云今夜吳臺鵲亦共往塡河羅浮山
記云望平地樹如薺故戴暠詩云長安樹如薺又
鄴下有一人詠樹詩曰遥望長安薺又嘗見謂矜
誕爲夸毗呼高年爲富有春秋皆耳學之過也夫
文字者墳籍根本世之學徒多不曉字讀五經者

是徐邈而非許愼習賦誦者信褚詮而忽呂忱明史記者專皮鄒而廢篆籀學漢書者悅應蘇而略蒼雅不知書音是其枝葉小學乃其宗系至見服虔張揖音義則貴之得通俗廣雅而不屑一手之中向背如此況異代名人乎世人皆以通俗文爲服虔造未知非服虔而輕之猶謂是服虔而輕之故此論從俗也

夫學者貴能博聞也郡國山川官位姓族衣服飲食器皿制度皆欲根尋得其原本至於文字忽不經懷己身姓名多或乖舛縱得不誤亦未知所由

近世有人爲子制名兄弟皆山傍立字而有名峙者兄弟皆手傍立字而有名機者兄弟皆水傍立字而有名凝者名儒碩學此例甚多若有知吾鍾之不調一何可笑吾嘗從齊王幸并州自井陘關入上艾縣東數十里有獵閭村後百官受馬糧在晉陽東百餘里亢仇城側並不識二所本是何地博求古今皆未能曉及檢字林韻集乃知獵閭是舊𢖍餘聚𢖍音獵也亢仇舊是𢕄欽亭上音武安反下音仇悉屬上艾時太原王邵欲撰鄉邑記注因此二名聞之

大喜吾初讀莊子螝二首韓非子曰虫有螝者一身兩口爭食相齕遂相殺也茫然不識此字何音逢人輒問了無解者案爾雅諸書蠶蛹名螝音潰又非二首兩口貪害之物後見古今字詁此亦古之虺字積年凝滯豁然霧解嘗遊趙州見栢人城北有一小水土人亦不知名後讀城西門徐整碑云洦流東指衆皆不識吾案說文此字古魄字也洦淺水貌此水漢來本無名矣直以淺貌目之或當即以洦爲名乎世中書翰多稱勿勿相承如此不

知所由或有妄言此忽忽之殘缺耳案說文勿者州里所建之旗也象其柄及三游之形所以趣民事故忽遽者稱爲勿勿吾在益州與數人同坐初晴日明見地上小光問左右此是何物有一蜀豎就視荅云是豆逼耳相顧愕然不知所謂命取將來乃小豆也窮訪蜀土呼粒爲逼時莫之解吾云三蒼說文此字白下爲匕皆訓粒通俗文音方力反衆皆歡悟愍楚友壻竇如同從河州來得一青鳥馴養愛翫舉俗呼之爲鶡吾曰鶡出上黨數曾

見之色並黃黑無駁雜也故陳思王鶡賦云楊玄黃之劲羽試檢說文鳻(音分)雀似鶡而青出羌中韻集音介此疑頓釋梁世有蔡朗諱純既不涉學遂呼蓴為露葵面牆之徒遞相倣傚承聖中遣一士大夫聘齊齊主客郎李恕問梁使曰江南有露葵否答曰露葵是蓴水鄉所出卿今食者綠葵菜耳李亦學問但不測彼之深淺乍聞無以覆究思魯等姨夫彭城劉靈嘗與吾坐諸子侍焉吾問儒行敏行曰凡字與諮議名同音者其數多少能盡識

乎答曰未之究也請導示之吾曰凡如此例不預研檢忽見不識誤以問人反爲無賴所欺不容易也因爲說之得五十許字諸劉嘆曰不意乃爾若遂不知亦爲異事校定書籍亦何容易自楊雄劉向方稱此職耳觀天下書未徧不得妄下雌黃或彼以爲非此以爲是或本同末異或兩文皆欠不可偏信一隅也

文章篇九

夫文章者原出五經詔命策檄生於書者也序述

論議生於易者也歌詠賦頌生於詩者也祭祀哀誄生於禮者也書奏箴銘生於春秋者也朝廷憲章軍旅誓誥敷顯仁義發明功德牧民建國施用多途至於陶冶性靈從容諷諫入其滋味亦樂事也行有餘力則可習之然而自古文人多陷輕薄屈原露才揚己顯暴君過宋玉體貌容冶見遇俳優東方曼倩滑稽不雅司馬長卿竊貲無操王褒過章童約揚雄德敗美新李陵降辱夷虜劉歆反覆莽世傅毅黨附權門班固盜竊父史趙元叔抗

竦過度馮敬通浮華擯壓馬季長佞媚獲誚蔡伯喈同惡受誅吳質詆訶鄉里曹植悖慢犯法杜篤乞假無厭路粹隘狹已甚陳琳實號麤疎繁欽性無檢格劉楨屈強輸作王粲率躁見嫌孔融禰衡誕傲致殞楊修丁廙扇動取斃阮籍無禮敗俗嵇康凌物凶終傅玄忿鬭免官孫楚矜誇凌上陸機犯順履險潘岳乾沒取危顏延年負氣摧黜謝靈運空疎亂紀王元長凶賊自貽謝玄暉侮慢見及凡此諸人皆其翹秀者不能悉紀大較如此至于

帝王亦或未免自昔天子而有才華者唯漢武魏太祖文帝明帝宋孝武帝皆負世議非懿德之君也自子游子夏荀況孟軻枚乘賈誼蘇武張衡左思之儔有盛名而免過患者時復聞之但其損敗居多耳每嘗思之原其所積文章之體標舉興會發引性靈使人矜伐故忽於持操果於進取今世文士此患彌切一事愜當一句清巧神厲九霄志凌千載自吟自賞不覺更有傍人加以砂礫所傷慘於矛戟諷刺之禍速乎風塵深宜防慮以保元

吉　學問有利鈍文章有巧拙鈍學累功不妨精熟拙文研思終歸蚩鄙但成學士自足爲人必乏天才勿强操筆吾見世人至於無才思自謂清華流布醜拙亦以衆矣江南號爲詅力正反癡符近在并州有一士族好爲可笑詩賦誂撆邢魏諸公衆共嘲弄虛相讚說便擊牛釃酒招延聲譽其妻明鑒婦人也泣而諫之此人歎曰才華不爲妻子所容何況行路至死不覺自見之謂明此誠難也學爲文章先謀親友得其評論者然後出手愼勿

師心自任取笑旁人也自古執筆爲文者何可勝言然至於宏麗精華不過數十篇耳但使不失體裁辭意可觀遂稱才士要須動俗蓋世亦俟河之清乎　不屈二姓夷齊之節也何事我爲伊箕之義也自春秋已來家有奔亡國有吞滅君臣固無常分矣然而君子之交絕無惡聲一旦屈膝而事人豈以存亡而改慮陳孔璋居袁裁書則呼操爲豺狼在魏製檄則目紹爲蛇虺在時君所命不得自專然亦文人之巨患也當務從容消息之　或

問揚雄曰吾子少而好賦雄曰然童子彫蟲篆刻壯夫不爲也余竊非之曰虞舜歌南風之詩周公作鴟鴞之詠吉甫史克雅頌之美者未聞皆在幼年累德也孔子曰不學詩無以言自衛返魯樂正雅頌各得其所大明孝道引詩證之揚雄安敢忽之也若論詩人之賦麗以則辭人之賦麗以淫但知變之而已又未知雄自爲壯夫何如也著劇秦美新妄投於閣周章怖慴不達天命童子之爲耳桓譚以勝老子葛洪以方仲尼使人嘆息此人直

以曉算術解陰陽故著太玄經爲數子所惑耳其遺言餘行孫卿屈原之不及安敢望大聖之清塵且太玄今竟何用乎不啻覆醬瓿而已　齊世有辛毗者清幹之士官至行臺尚書嗤鄙文學嘲劉逖云君輩辭藻譬若榮華須臾之翫非宏才也豈比吾徒十丈松樹常有風霜不可凋悴矣劉應之曰既有寒木又發春華何如也辛笑曰可矣凡爲文章猶人乘騏驥雖有逸氣當以銜勒制之勿使流亂軌躅放意填坑岸也文章當以理致爲心腎

氣調爲筋骨，事義爲皮膚，華麗爲冠冕。今世相承，趨末棄本，率多浮艷。辭與理競，辭勝而理伏；事與才爭，事繁而才損。放逸者流宕而忘歸，穿鑿者補綴而不足。時俗如此，安能獨違？但務去泰去甚耳。必有盛才重譽，改革體裁者，實吾所希。古人之文，宏材逸氣，體度風格，去今實遠；但緝綴疎朴，未爲密緻耳。今世音律諧靡，章句偶對，諱避精詳，賢於往昔多矣。宜以古之製裁爲本，今之辭調爲末，並須兩存，不可偏棄也。　吾家世文章，甚爲典正，不從流俗梁孝元在蕃邸時撰西府新文史記無一篇見録者亦以不偶於世無鄭衛之音故也有詩賦銘誄書表啓疏二十卷吾兄弟始在草土並未得編次便遭火盪盡竟不傳於世銜酷茹恨徹於心髓操行見於梁史文士傳及孝元懷舊志沈隱侯曰文章當從三易易見事一也易識字二也易讀誦三也邢子才常曰沈侯文章用事不使人覺若胸臆語也深以此服之祖孝徵亦嘗謂吾曰沈詩云崖傾護石髓此豈似用事耶邢子才魏收俱

有重名時俗準的以爲師匠邢賞服沈約而輕任昉魏愛慕任昉而毀沈約每於談讌辭色以之鄙下紛紜各有朋黨祖孝徵嘗謂吾曰任沈之是非乃邢魏之優劣也

吳均集有破鏡賦昔者邑號朝歌顏淵不舍里名勝母曾參斂襟蓋忌夫惡名之傷實也破鏡乃凶逆之獸事見漢書爲文幸避此名也比世往往見有和人詩者題云敬同孝經云資於事父以事君而敬同不可輕言也梁世費旭詩云不知是耶非殷澐詩云颻颺雲母舟簡文

曰旭既不識其父澐又飄颺其母此雖悉古事不可用也世人或有文章引詩伐鼓淵淵者宋書已有屢遊之誚如此流比幸須避之北面事親別舅摛渭陽之詠堂上養老送兄賦栢山之悲皆大失也舉此一隅觸塗宜慎　江南文制欲人彈射知有病累隨卽改之陳王得之於丁廙也山東風俗不通擊難吾初入鄴遂嘗以此忤人至今爲悔汝曹必無輕議也　凡代人爲文皆作彼語理宜然矣至於哀傷凶禍之辭不可輒代蔡邕爲胡金盈

作毋靈表頌曰悲毋氏之不永然委我而夙喪又
爲胡顥作其父銘曰䓑我考議郎君袁三公頌曰
倚歟我祖出自有嬀王粲爲潘文則思親詩云躬
此勞瘁鞠予小人庶我顯妣克保遐年而並載乎
邕粲之集此例甚衆古人之所行今世以爲諱陳
思王武帝誄遂深永蟄之思潘岳悼亡賦乃愴手
澤之遺是方父於蟲匹婦於考也蔡邕楊秉碑云
統大麓之重潘尼贈盧景宣詩云九五思飛龍孫
楚王驃騎誄云奄忽登遐陸機父誄云億兆宅心

敦敘百揆姊誄云俔天之和今爲此言則朝廷之
臯人也王粲贈楊德祖詩云我君餞之其樂洩洩
不可妄施人子況儲君乎挽歌辭者或云古者虞
殯之歌或云出自田横之客皆爲生者悼往苦哀
之意陸平原多爲死人自嘆之言詩格旣無此例
又乖製作本意　凡詩人之作刺箴美頌各有源
流未甞混雜善惡同篇也陸機爲齊謳篇前敘山
川物產風敎之盛後章忽鄙山川之情殊失厥體
其爲吳趨行何不陳子光夫差乎京洛行何不述

赧王靈帝乎　自古宏才博學用事誤者有矣百家雜說或有不同書儻湮滅後人不見故未敢輕議之今指知決紕繆者略舉一兩端以爲誡詩云有鷕雉鳴又曰雉鳴求其牡毛傳亦曰鷕雌雉聲又云雉之朝雊尚求其雌鄭玄注月令亦曰雊雄雉鳴潘岳賦曰雉鷕鷕以朝雊是則混雜其雄雌矣詩云孔懷兄弟孔甚也懷思也言甚可思也陸機與長沙顧毋書述從祖弟士璜死乃言痛心拔惱有如孔懷心既痛矣即爲甚思何故言有如也

觀其此意當謂親兄弟爲孔懷詩云父毋孔邇而呼二親爲孔邇於義通乎異物志云擁劒狀如蟹但一螯偏大爾何遜詩云躍魚如擁劒是不分魚蟹也漢書御史府中列栢樹常有野鳥數千棲宿其上晨去暮來號朝夕鳥而文士往往誤作烏鳶用之抱朴子說項曼都詐稱得仙自云仙人以流霞一杯與我飲之輒不飢渴而簡文詩云霞流抱朴碗亦猶郭象以惠施之辨爲莊周言也後漢書囚司徒崔烈以鋃鐺鏁上音狼下音當鋃鐺大鏁也世閒

多誤作金銀字武烈太子亦是數千卷學士嘗作
詩云銀鏁三公脚刀撞僕射頭爲俗所誤文章地
理必須愜當梁簡文鴈門太守行乃云鵞軍攻日
逐燕騎蕩康居大宛歸善馬小月送降書蕭子暉
隴頭水云天寒隴水急散漫俱分瀉北注徂黄龍
東流會白馬此亦明珠之纇美玉之瑕宜慎之
王籍入若耶溪詩云蟬噪林逾靜鳥鳴山更幽江
南以爲文外斷絶物無異議簡文吟味不能忘之
孝元諷味以爲不可復得至懷舊志載於籍傳范

陽盧詢鄴下才俊乃言此不成語何事於能魏收亦然其論詩云蕭蕭馬鳴悠悠旆旌毛傳曰言不諠譁也吾每歎此解有情致籍詩生於此意耳蘭陵蕭慤梁室上黃侯之子工於篇什嘗有秋詩云芙蓉露下落楊柳月中疎時人未之賞也吾愛其蕭散宛然在目潁川荀仲舉琅琊諸葛漢亦以爲爾而盧思道之徒雅所不愜　何遜詩實爲清巧多形似之言揚都論者恨其每病苦辛饒貧寒氣不及劉孝綽之雍容也雖然劉甚忌之平生誦

何詩云蘧居響北闕𢡄𢡄呼麥反不道車又撰詩苑止取何兩篇時人譏其不廣劉孝綽當時既有重名無所與讓唯服謝朓常以謝詩置几案間動靜輒諷咏簡文愛陶淵明文亦復如此江南語曰梁有三何子朗最多三何者遜及思澄子朗也子朗信饒清巧思澄游廬山每有佳篇並爲冠絕

名實篇十

名之與實猶形之與影也德藝周厚則名必善焉容色姝麗則影必美焉今不修身而求令名於世

者猶貌甚惡而責妍影於鏡也上士忘名中士立名下士竊名忘名者體道合德享鬼神之福祐非所以求名也立名者修身慎行懼榮觀之不顯非所以讓名也竊名者厚貌深姦干浮華之虛稱非所以得名也　人足所履不過數寸然而咫尺之途必顛蹷於崖岸拱抱之梁每沈溺於川谷者何哉爲其旁無餘地故也君子之立己抑亦如之至誠之言人未能信至潔之行物或致疑皆由言行聲名無餘地也吾每爲人所毀常以此自責若能

開方軌之路廣造舟之航則仲由之言信重於登壇之盟趙喜之降城賢於折衝之將矣　吾見世人清名登而金貝入信譽顯而然諾虧不知後之矛戟毀前之干櫓也宓子賤云誠於此者形於彼人之虛實眞僞在乎心無不見乎迹但察之未熟耳一爲察之所鑒巧僞不如拙誠承之以羞大矣伯石讓卿王莽辭政當于爾時自以巧密後人書之留傳萬代可爲骨寒毛豎也近有大貴孝悌著聲前後居喪哀毀踰制亦足以高於人矣而甞於

苦塊之中以巴豆塗臉遂使成瘡表哭泣之過左右童豎不能掩之益使外人謂其居處飲食皆為不信以一偽喪百誠者乃貪名不已故也有一士族讀書不過二三百卷天才鈍拙而家世殷厚雅自矜持多以酒犢珍玩交諸名士甘其餌者遞相吹噓朝廷以為文華亦嘗出境聘東萊王韓晉明篤好文學疑彼製作多非機杼遂設讌言面相討試竟日歡諧辭人滿席屬音賦韻命筆為詩彼造次即成了非向韻衆客各自沈吟遂無覺者韓退

歎曰果如所量韓又甞問曰玉珽杼上終葵首當作何形乃荅云珽頭曲圜勢如葵葉耳韓旣有學忍笑爲吾說之　治點子弟文章以爲聲價大弊事也一則不可常繼終露其情二則學者有憑益不精勵鄴下有一少年出爲襄國令頗自勉篤公事經懷每加撫䘏以求聲譽凡遣兵役握手送離或齎梨棗餅餌人人贈別云上命相煩情所不忍道路饑渴以此見思民庶稱之不容於口及遷爲泗州別駕此費日廣不可常周一有僞情觸塗難

繼功績遂敗損矣　或問曰夫神滅形消遺聲餘價亦猶蟬殼蛇皮獸迒鳥迹耳何預於死者而聖人以爲教乎對曰勸也勸其立名則獲其實且勸一伯夷而千萬人立清風矣勸一季札而千萬人立仁風矣勸一柳下惠而千萬人立貞風矣勸一史魚而千萬人立直風矣故聖人欲其魚鱗鳳翼雜沓參差不絕於世豈不弘哉四海悠悠皆慕名者蓋因其情而致其善耳抑又論之祖考之嘉名美譽亦子孫之冕服墻宇也自古及今獲其庇廕

者衆矣夫修善立名者亦猶築室樹果生則獲其利死則遺其澤世人汲汲者不達此意若其與魂爽俱昇松柏偕茂惑矣哉

顏氏家訓卷之上

顏氏家訓卷之二

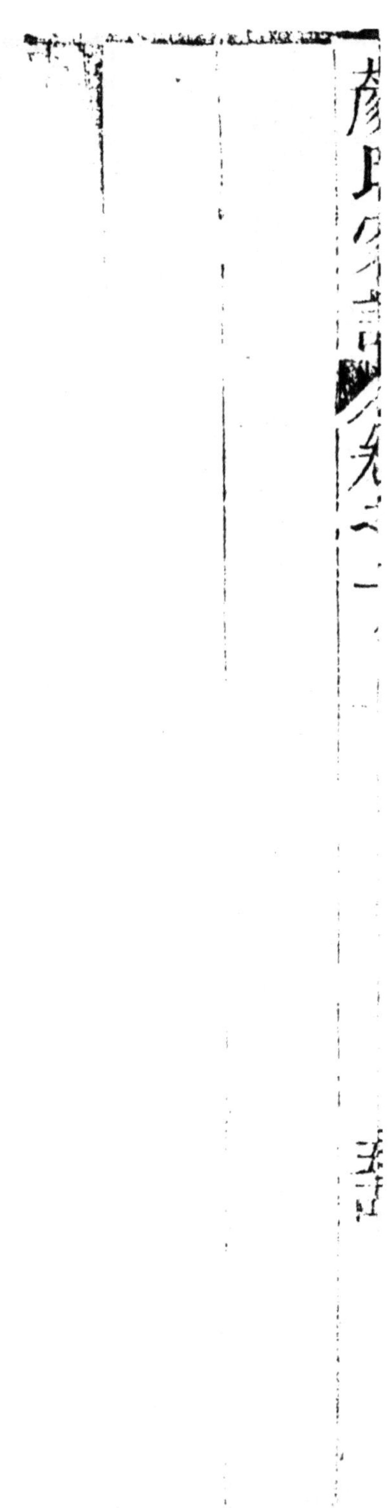

顏氏家訓卷之下

安成顏欲章編

鹽官姚士粦校

涉務篇十一

夫君子之處世貴能有益於物耳不徒高談虛論左琴右書以費人君祿位也國之用材大較不過六事一則朝廷之臣取其鑒達治體經綸博雅二則文史之臣取其著述憲章不忘前古三則軍旅之臣取其斷決有謀强幹習事四則藩屏之臣取

其明練風俗清白愛民五則使命之臣取其識變從宜不辱君命六則興造之臣取其程功節費開略有術此則皆勤學守行者所能辦也人性有長短豈責具美於六塗哉但當皆曉指趣能守一職便無媿耳　吾見世中文學之士品藻古今若指諸掌及有試用多無所堪居承平之世不知有喪亂之禍處廟堂之下不知有戰陣之急保俸祿之資不知有耕稼之苦肆吏民之上不知有勞役之勤故難可以應世經務也晉朝南渡優借士族故

江南冠帶有才幹者擢爲令僕以下尚書郎中書舍人已上典掌機要其餘文義之士多迂誕浮華不涉世務纖微過失又惜行捶楚所以處於清名蓋護其短也至於臺閣令史主書監帥諸王籤省並曉習吏用濟辦時須縱有小人之態皆可鞭杖肅督故多見委使蓋用其長也人每不自量舉世怨梁武帝父子愛小人而疏士大夫此亦眼不能見其睫耳　梁世士大夫皆尚褒衣博帶大冠高履出則車輿入則扶侍郊郭之内無乘馬者周弘

正爲宣城王所愛給一果下馬常服御之舉朝以爲放達至乃尚書郎乘馬則糾劾之及侯景之亂膚脆骨柔不堪行步體羸氣弱不耐寒暑坐死倉猝者往往而然古人欲知稼穡之艱難斯蓋貴穀務本之道也夫食爲民天民非食不生矣三日不粒父子不能相存耕種之茠鉏之刈穫之載積之打拂之簸揚之凡幾涉手而入倉廩安可輕農事而貴末業哉江南朝士因晉中興而渡江本爲羇旅至今八九世未有力田悉資俸祿而食耳假令

有者皆信僮僕爲之未嘗目觀起一撥土耘一株苗不知幾月當下幾月當收安識世間餘務乎故治官則不了營家則不辦皆優閑之過也

省事篇十二

銘金人云無多言多言多敗無多事多事多患至哉斯戒也能走者奪其翼善飛者減其指有角者無上齒豐後者無前足蓋天道不使物有兼焉也古人云多爲少善不如執一鼫鼠五能不成伎術近世有兩人朗悟士也性多營綜略無成名經不

足以待問史不足以討論文章無可傳於集錄書迹未堪以留愛翫卜筮射六得三醫藥治十差五音樂在數十人下弓矢在千百人中天文畫繪棊博鮮卑語煎胡桃油鍊錫爲銀如此之類略得梗槩皆不通熟惜乎以彼神明若省其異端當精妙也

上書陳事起自戰國逮於兩漢風流彌廣原其體度攻人主之長短諫諍之徒也訐羣臣之得失訟訴之類也陳國家之利害對策之伍也帶私情之與奪遊說之儔也總此四塗賈誠以求位

鬻言以干祿或無絲毫之益而有不省之困幸而感悟人主爲時所納初獲不貲之賞終陷不測之誅則嚴助朱買臣吾丘壽王主父偃之類甚衆良史所書蓋取其狂狷一介論政得失耳非士君子守法度者所爲也今世所覩懷瑾瑜而握蘭桂者悉恥爲之守門詣闕獻書言計率多空薄高自矜夸無經略之大體咸糠粃之微事十條之中一不足採縱合時務已漏先覺非謂不知但患知而不行耳或被發姦私面相酬證事途迴冗翻懼愆尤

人主外護聲教脫加含養此乃僥倖之徒不足與比肩也　諫諍之徒以正人君之失爾必在得言之地當盡匡贊之規不容苟免偷安垂頭塞耳至於就養有方思不出位干非其任斯則罪人故表記云事君遠而諫則諂也近而不諫則尸利也論語曰未信而諫人以爲謗已也　君子當守道崇德蓄價待時爵祿不登信由天命須求趨競不顧羞慙比較材能斟量功伐厲色揚聲東怨西怒或有劫持宰相瑕疵而獲酬謝或有諠聒時人視

聽求見發遣以此得官謂爲才力何異盜食致飽竊衣取溫哉世見躁競得官者便爲弗索何獲不知時運之來不然亦至也見靜退未遇者便爲弗爲胡成不知風雲不與徒求無益也凡不求而自得求而不得者焉可勝算乎　齊之季世多以財貨託附外家諠動女謁拜守宰者印組光華車騎輝赫榮兼九族取貴一時而爲執政所患隨而伺察既以利得必以利治微染風塵便乖肅正坑穽殊深瘡痏未復縱得免死莫不破家然後噬臍亦

復何及吾自南及北未嘗一言與時人論身分也
不能通達亦無尤焉　王子晉云佐饔得嘗佐鬭
得傷此言爲善則預爲惡則去不欲黨人非義之
事也凡損於物皆無與焉然而窮鳥入懷仁人所
憫況死士歸我當棄之乎伍員之託漁舟季布之
入廣柳孔融之藏張儉孫嵩之匿趙岐前代之所
貴而吾之所行也以此得辠甘心瞑目至如郭解
之代人報讎灌夫之横怒求地游俠之徒非君子
之所爲也如有逆亂之行得辠於君親者又不足

卹焉親友之迫危難也家財巳力當無所吝若橫生圖計無理請謁非吾教也墨翟之徒世謂熱腹楊朱之侶世謂冷腸腸不可冷腹不可熱當以仁義爲節文爾　前在修文令曹有山東學士與關中太史競曆凡十餘人紛紜累歲內史牒付議官平之吾執論曰大抵諸儒所爭四分并減分兩家爾歷象之要可以晷景測之今驗其分至薄蝕則四分疏而減分密疏者則稱政令有寬猛運行致盈縮非算之失也密者則云日月有遲速以術求

之預知其度無災祥也用疏則藏姧而不信用密則任數而違經且議官所知不能精於訟者以淺裁深安有肯服既非格令所司幸勿當也舉曹貴賤咸以爲然有一禮官恥爲此議苦欲留連强加考覈機杼既薄無以測量還復採訪訟人窺望長短朝夕聚議寒暑煩勞背春涉冬竟無與奪怨誚滋生赧然而退終爲內史所迫此好名好事之辱也

止足篇十三

禮云欲不可縱志不可滿宇宙可臻其極情性不知其窮唯在少欲知止爲立涯限爾先祖靖侯戒子姪曰汝家書生門戶世無富貴自今仕宦不可過二千石婚姻勿貪勢家吾終身服膺以爲名言也　天地鬼神之道皆惡滿盈謙虛沖損可以免害人生衣趣以覆寒露食趣以塞飢乏爾形骸之內尚不得奢靡己身之外而欲窮驕泰耶周穆王秦始皇漢武帝富有四海貴爲天子不知紀極猶自敗累況士庶乎常以爲二十口家奴婢盛多不

可出二十人良田十頃堂室纔蔽風雨車馬僅代杖策蓄財數萬以擬吉凶急速不啻此者以義散之不至此者勿非道求之　仕宦稱泰不過處在中品前望五十人後顧五十人足以免恥辱無傾危也高此者便當罷謝偃仰私庭吾近爲黃門郎已可收退當時羇旅懼罹謗讟思爲此計僅未暇爾自喪亂已來見因託風雲徼倖富貴旦執機權夜塡坑谷朔歡卓鄭晦泣顏原者非十人五人也愼之哉愼之哉

誡兵篇十四

顏氏之先本乎鄒魯或分入齊世以儒雅爲業徧在書記仲尼門徒升堂者七十有二顏氏居八人焉秦漢魏晉下逮齊梁未有用兵以取達者春秋之世顏高顏鳴顏羽之徒皆一鬬夫齊有顏涿聚趙有顏冣或作聚漢末有顏良宋有顏延之並處將軍之任竟以顛覆漢郎顏駟自稱好武更無事迹顏忠以黨楚王受誅顏俊以據武威見殺得姓已來無清操者唯此二人皆罹禍敗頃世亂離衣

冠之士雖無身手或聚徒衆違棄素業徼倖戰功吾既羸薄仰惟前代故寘心於此子孫誌之孔子力翹門關不以力聞此聖證也吾見今世士大夫纔有氣幹便倚賴之不能披甲執兵以衛社稷但微行險服逞弄拳腕大則陷危亡小則貽恥辱遂無免者國之興亡兵之勝敗博學所至幸討論之入帷幄之中參廟堂之上不能爲主畫規以謀社稷君子所恥也然而每見文士頗讀兵書微有經略若承平之世睥睨宮閫幸災樂禍首爲逆亂詿

誤善良如在兵革之時構扇反覆縱橫說誘不識存亡强相扶戴此皆陷身滅族之本也誡之哉誡之哉習五兵便乘騎正可稱武夫爾今世士大夫但不讀書即稱武夫兒乃飯囊酒甕也

養生篇十五

神仙之事未可全誣但性命在天或難鍾值人生居世觸途牽縶幼少之日既有供養之勤成立之年便增妻孥之累衣食資須公私勞役而望遁跡山林超然塵滓千萬不過一爾加以金玉之費鑪

器所須益非貧士所辦學如牛毛成如麟角華山之下白骨如莽何有可遂之理考之內教縱使得仙終當有死不能出此不願汝曹專精於此若其愛養神明調護氣息慎節起臥均適寒暄禁忌食飲將餌藥物遂其所稟不爲夭折者吾無間然諸藥餌法不廢世務也庾肩吾常服槐實年七十餘目看細字鬚髮猶黑鄴中朝士有單服杏仁枸杞黃精朮車前得益者甚多不能一一說爾吾嘗患齒搖動欲落飲食熱冷皆苦疼痛見抱朴子牢齒

之法早朝叩齒三百下爲良行之數日即平愈今恒持之此輩小術無損於事亦可修也凡欲餌藥陶隱居太清方中總錄甚備但須精審不可輕脫近有王愛州在鄴學服松脂不得節度腸塞而死爲藥所誤者甚多　夫養生先須慮禍全身保性有此生然後養之勿徒養其無生也單豹養於內而喪外張毅養於外而喪內前賢所戒也嵇康著養生之論而以傲物受刑石崇冀服餌之徵而以貪溺取禍往世之所迷也　夫生不可不惜不可

苟惜涉險畏之途干禍難之事貪欲以傷生讒慝而致死此君子之所惜哉行誠孝而見賊履仁義而得罪喪身以全家泯軀而濟國君子不咎也自亂離已來吾見名臣賢士臨難求生終爲不救徒取窘辱令人憤懣侯景之亂王公將相多被戮辱妃主姬妾略無全者唯吳郡太守張嵊建義不捷爲賊所害辭色不撓及鄱陽王世子謝夫人登屋詬怒見射而斃夫人謝遵女也何賢智操行若此之難婢妾引决若此之易悲夫

歸心篇十六

三世之事信而有徵家業歸心勿輕慢也其間妙旨具諸經論不復於此少能讚述但懼汝曹猶未牢固略重勸誘爾原夫四塵五廕剖析形有六舟三駕運載羣生萬行歸空千門入善辯才智惠豈徒七經百氏之博哉明非堯舜周孔所及也內外兩教本爲一體漸極爲異深淺不同內典初門設五種禁外典仁義禮智信皆與之符仁者不殺之禁也義者不盜之禁也禮者不邪之禁也智者不

淫之禁也信者不妄之禁也至如畋狩軍旅燕享刑罰因民之性不可卒除就爲之節使不淫濫爾歸周孔而背釋宗何其迷也俗之謗者大抵有五其一以世界外事及神化無方爲迂誕也其二以吉凶禍福或未報應爲欺誑也其三以僧尼行業多不精純爲姦慝也其四以靡費金寶減耗課役爲損國也其五以縱有因緣如報善惡安能辛苦今日之甲利後世之乙乎爲異人也今並釋之于下云

釋一曰夫遥大之物寧可大量今人所知

莫若天地天爲積氣地爲積塊日爲陽精月爲陰精星爲萬物之精儒家所安也星有墜落乃爲石矣精若是石不得有光性又質重何所繫屬一星之徑大者百里一宿首尾相去數萬百里之物數萬相連闊狹從斜常不盈縮又星與日月形色同爾但以大小爲其等差然而日月又當石也石既牢密烏兔焉容石在氣中豈能獨運日月星辰若皆是氣氣體輕浮當與天合往來環轉不得錯違其間遲疾理宜一等何故日月五星二十八宿各

有度數移動不均寧當氣墜忽變爲石地既滓濁法應沉厚鑿土得泉乃浮水上積水之下復有何物江河百谷從何處生東流到海何爲不溢歸塘尾閭渫何所到沃焦之石何氣所然潮汐去還誰所節度天漢懸指郍不散落水性就下何故上騰天地初開便有星宿九州未劃列國未分翦疆區野若爲躔次封建已來誰所制割國有增減星無進退災祥禍福就中不差乾象之大列星之夥何爲分野止繫中國昴爲旄頭匈奴之次西胡東越

彫題交阯獨棄之乎以此而求迄無了者豈得以人事尋常抑必宇宙外也凡人之信唯耳與目耳目之外咸致疑焉儒家說天自有數義或渾或蓋乍宣乍安斗極所周管維所屬若所親見不容不同若所測量寧足依據何故信凡人之臆說迷大聖之妙旨而欲必無恒沙世界微塵數刼也而鄒衍亦有九州之談山中人不信有魚大如木海上人不信有木大如魚漢武不信弦膠魏文不信火布胡人見錦不信有蟲食樹吐絲所成昔在江南

不信有千人氈帳及來河北不信有二萬斛船皆實驗也世有祝師及諸幻術猶能履火蹈刃種瓜移井倏忽之間十變五化人力所爲尚能如此何況神通感應不可思量千里寶幢百由旬座化成淨土踊出妙塔乎　釋二曰夫信謗之徵有如影響耳聞眼見其事已多或乃精誠不深業緣未感時儻差闌終當獲報耳善惡之行禍福所歸九流百氏皆同此論豈獨釋典爲虛妄乎項橐顏回之短折原憲伯夷之凍餒盜跖莊蹻之福壽齊景桓

雖之富强若引之先業冀以後生更爲通耳如以行善而偶鍾禍報爲惡而儻值福徵便可怨尤即爲欺詭則亦堯舜之云虚周孔之不實也又欲安所依信而立身乎　釋三曰開闢已來不善人多而善人少何由悉責其精潔乎見有名僧高行棄而不說若覩凡僧流俗便生非毁且學者之不勤豈教者之爲過俗僧之學經律何異士人之學詩禮以詩禮之教格朝廷之人略無全行者以經律之禁格出家之輩而獨責無犯哉且闕行之臣猶

求祿位毀禁之侶何慙供養乎其於戒行自當有犯一披法服已墮僧數歲中所計齋講誦持比諸白衣猶不啻山海也　釋四曰內教多途出家自是其一法耳若能誠孝在心仁惠爲本須達流水不必剃落鬚髮豈令罄井田而起塔廟窮編戶以爲僧尼也皆由爲政不能節之遂使非法之寺妨民稼穡無業之僧空國賦算非大覺之本旨也抑又論之求道者身計也惜費者國謀也身計國謀不可兩遂誠臣徇主而棄親孝子安家而忘國各

有行也儒有不屈王侯高尚其事隱有讓王辭相避世山林安可計其賦役以爲罪人若能偕化黔首悉入道場如妙樂之世穰佉之國則有自然稻米無盡寶藏安求田蚕之利乎　釋五曰形體雖死精神猶存人生在世望於後身似不相屬及其殁後則與前身似猶老少朝夕耳世有魂神示現夢想或降童妾或感妻孥求索飲食徵須福祐亦爲不少矣今人貧賤疾苦莫不怨尤前世不修功業以此而論安可不爲之作地乎夫有子孫自是

天地間一蒼生耳何預身事而乃愛護遺其基址況於己之神爽頓欲棄之哉凡夫蒙蔽不見未來故言彼生與今非一體耳若有天眼鑒其念念隨滅生生不斷豈可不怖畏耶又君子處世貴能克己復禮濟時益物治家者欲一家之慶治國者欲一國之良僕妾臣民與身竟何親也而爲勤苦修德乎亦是堯舜周孔虚失愉樂耳一人修道濟度幾許蒼生免脱幾身罪累幸熟思之汝曹若顧俗計樹立門戸不棄妻子未能出家但當兼修戒行

留心誦讀以為來世津梁人身難得勿虛過也儒家君子尚離庖廚見其生不忍其死聞其聲不食其肉高柴折像未知內教皆能不殺此乃仁者自然用心含生之徒莫不愛命去殺之事必勉行之好殺之人臨死報驗子孫殃禍其數甚多不能悉錄耳且示數條於末梁世有人常以雞卵白和沐云使髮光每沐輒破二三十枚臨死髮中但聞啾啾數千雞雛聲　江陵劉氏以賣䱇羹為業後生一兒頭是䱇自頸已下方為人耳　王克為永嘉

郡守有人餉羊集賓欲讌而羊繩解來投一客先跪兩拜便入衣中此客竟不言之固無救請須臾宰羊爲炙先行至客一臠入口便下皮内周行徧體痛楚號叫方復說之遂作羊鳴而死　梁孝元在江州時有人爲望蔡縣令經劉敬躬亂縣廨被焚寄寺而住民將牛酒作禮縣令以牛繫剎柱屏除形像鋪設牀坐於堂上接賓未殺之頃牛解徑來至階而拜縣令大笑命左右宰之飲噉醉飽便臥簷下稍醒而覺體痒爬搔隱疹因爾成癩十許

年死　楊思達爲西陽郡守值侯景亂時復旱儉飢民盜田中麥思達遣一部曲守視所得盜者輒截手腕凡戮十餘人部曲後生一男自然無手齊有一奉朝請家甚豪侈非手殺牛噉之不美年三十許病篤大見牛來舉體如被刀刺叫呼而終江陵高偉隨吾入齊凡數年向幽州淀中捕魚後病每見羣魚齧之而死　世有癡人不識仁義不知富貴並由天命爲子娶婦恨其生資不足倚作舅姑之尊虵虺其性毒口加誣不識忌諱罵辱婦

之殳母却云教以婦道不孝已身不顧他恨怛怜巳之子女不愛巳之兒婦如此之人陰紀其過鬼奪其算慎不可與爲鄰仍不可與爲援宜遠之哉

書證篇十七

詩云參差荇菜爾雅云荇菨余也字或爲莕先儒解釋皆云水草圓葉細莖隨水淺深今是水悉有之黄花似蓴江南俗亦呼爲豬蓴或呼爲荇菜劉芳具有注釋而河北俗人多不識之博士皆以參差者是莧菜呼人莧爲人荇亦可笑之甚　詩云

誰謂荼苦爾雅毛傳並以荼苦菜也又禮云苦菜
秀案易統通卦驗玄圖曰苦菜生於寒秋更冬歷
春得夏乃成今中原苦菜則如此也一名游冬葉
似苦苣而細摘斷有白汁花黃似菊江南別有苦
菜葉似酸漿其花或紫或白子大如珠熟時或赤
或黑此菜可以釋勞案郭璞注爾雅此乃蘵黃蒢
也今河北謂之龍葵梁世講禮者以此當苦菜既
無宿根至春子方生耳亦大誤也又高誘注呂氏
春秋曰榮而不實曰英苦菜當言英益知非龍葵

也　詩云有杕之杜江南本並木傍施大傳曰杕
獨貌也徐仙民音徒計反說文曰杕樹貌也在木
部韻集音次第之第而河北本皆爲夷狄之狄讀
亦如字此大誤也　詩云駉駉牡馬江南書皆作
牝牡之牡河北本悉爲放牧之牧鄴下博士見難
云駉頌既美僖公牧于坰野之事何限騲騭乎余
荅曰案毛詩云駉駉良馬腹幹肥張也其下又云
諸侯六閑四種有良馬戎馬田馬駑馬若作放牧
之意通於牝牡則不容限在良馬獨得駉駉之稱

良馬天子以駕玉輅諸侯以充朝聘郊祀必無騲也周禮圉人職良馬匹一人駑馬麗一人圉人所養亦非騲也頌人舉其強駿者言之於義爲得也易云良馬逐逐左傳云以其良馬二亦精駿之稱非通語也今以詩傳良馬通於牧騲恐失毛生之意且不見劉芳義證乎　月令云荔挺出鄭玄注云荔挺馬薤也說文云荔似蒲而小根可爲刷廣雅云馬薤荔也通俗文亦云馬藺易統通卦驗玄圖云荔挺不出則國多火災蔡邕月令章句云荔

似挺高誘注呂氏春秋云荔草挺出也然則月令注荔挺爲草名誤矣河北平澤率生之江東頗有此物人或種於階庭但呼爲旱蒲故不識馬莧講禮者乃以爲馬莧堪食亦名豚耳俗曰馬齒江陵嘗有一僧面形上廣下狹劉緩幼子民譽年始數歲俊悟善體物見此僧云面似馬莧其伯父劉縚因呼爲荔挺法師縚親講禮名儒尚誤如此詩云將其來施施毛傳云施施難進之意鄭箋云施施舒行貌也韓詩亦重爲施施河北毛詩皆云施施

江南舊本悉單爲施俗遂是之恐爲少誤　詩云有渰萋萋興雲祁祁毛傳云渰陰雲貌萋萋雲行貌祁祁徐貌也箋云古者陰陽和風雨時其來祁祁然不暴疾也案渰巳是陰雲何勞復云興雲祁祁耶雲當爲雨俗寫誤耳班固靈臺詩云三光宣精五行布序習習祥風祁祁甘雨此其證也　禮云定猶豫決嫌疑離騷曰心猶豫而狐疑先儒未有釋者案尸子曰五尺犬爲猶說文云隴西謂犬子爲猶吾以爲人將犬行犬好豫在人前待人不

得又來迎候如此往還至于終日斯乃豫之所以爲未定也故稱猶豫或以爾雅曰猶如麂善登木猶獸名也既聞人聲乃豫緣木如此上下故稱猶豫狐之爲獸又多猜疑故聽河冰無流水聲然後渡今俗云狐疑虎卜則其義也　左傳曰齊侯痎遂痁說文云痎二日一發之瘧痁有熱虐也案齊侯之病本是間日一發漸加重乎故爲諸侯憂也今北方猶呼痎虐音皆而世間傳本多以痎爲疥杜征南亦無解釋徐仙民音介俗儒就爲通云病

疥令人惡寒變而成瘧此臆說也疥癬小疾何足可論寧有患疥轉作瘧乎　尚書曰惟影響周禮云土圭測影影朝影夕孟子曰圖影失形莊子云罔兩問影如此等字皆當爲光景之景凡陰景者因光而生故卽謂爲景淮南子呼爲景柱廣雅云晷柱掛景並是也至晉世葛洪字苑傍始加彡音杉音於景反而世間輒改治尚書周禮莊孟從葛洪字甚爲失矣太公六韜有天陳地陳人陳雲鳥之陳論語曰衛靈公問陳於孔子左傳爲魚麗之陳

俗本多作阜傍車乘之車按諸陳字並作陳鄭之陳夫行陳之義取於陳列耳此六書爲假借也蒼雅及近世字書皆無別字唯王羲之小學章獨阜傍作車縱復俗行不宜追改六韜論語左傳也詩云黃鳥于飛集於灌木傳云灌木叢木也此乃爾雅之文故李巡注曰木叢生曰灌爾雅末章又云木族生爲灌族亦叢聚也所以江南詩古本皆爲蕞聚之蕞而古叢字似冣字近世儒生因改爲冣解云木之冣高長者案衆家爾雅及解詩無言此

者雅周續之毛詩注音爲徂會反劉昌宗詩注音
爲在公反又祖會反皆爲穿鑿失爾雅訓也　也
是語已及助句之辭文籍備有之矣河北經傳悉
略此字其間字有不可得無者至如伯也執殳於
旅也語回也屢空風風也教也及詩傳云不戢戢
也不儺儺也不多多也如斯之類儻削此文頗成
廢闕詩言青青子衿傳曰青衿青領也學子之服
按古者斜領下連於衿故謂領爲衿孫炎郭璞注
爾雅曹大家注烈女傳並云衿交領也鄴下詩本

既無也字羣儒因謬說云青衿青領是衣兩處之名皆以青爲飾用釋青青二字其失大矣又有俗學聞經傳中時須也字輒以意加之每不得所益誠可笑　易有蜀才注江南學士遂不知是何人王儉四部目錄不言姓名題云王弼後人謝炅夏侯該並讀數千卷書皆疑是譙周而李蜀書一名漢之書云姓范名長生自稱蜀才南方以晉渡江後北間傳記皆名爲僞書不肯省讀故不見也

禮王制云鸁股肱鄭注云謂捋衣出其臂脛今書

皆作擐甲之擐國子博士蕭該云擐當作捋音宣擐是穿著之名非出臂之義案字林蕭讀是徐爰音患非也　漢書田肯賀上江南本皆作宵字沛國劉顯博覽經籍偏精班漢梁代謂之漢聖顯子臻不墜家業讀班史呼爲田肯梁元帝甞問之荅曰此無義可求但臣家舊本以雌黃改宵字爲肯元帝無以難之吾至江北見本爲肯　漢書王莽贊云紫色蛙聲餘分閏位蓋謂非玄黃之色不中律呂之音也近有學士名問甚高遂云王莽非直

鳶鸛虎視復紫色蛙聲亦爲誤矣　簡策字竹下施束七賜反末代隸書似杞宋之宋亦有竹下遂爲夾者猶如刺史之傍應爲束今亦作夾徐仙民春秋禮音遂以筴爲正字以策爲音殊爲顛倒史記又作悉字誤而爲述作妬字誤而爲姤　徐鄒皆以悉字音述以妬字音姤既爾亦可以亥爲豕字音以帝爲虎字音乎　張揖云宓今伏羲氏也孟康漢書古文注亦云宓今伏而皇甫謐云伏羲或謂之宓羲按諸經史緯候遂無宓羲之號虙字從

虍音呼宓字從宀音綿下俱爲必末世傳寫遂誤以虙
爲宓而帝王世紀因誤更立名耳何以驗之孔子
弟子虙子賤爲單父宰即虙羲之後俗字亦爲宓
或復加山今兗州永昌郡城舊單父地也東門有
子賤碑漢世所立乃云濟南伏生即子賤之後是
知虙之與伏古來通字誤以爲宓較可知矣　太
史公記曰寧爲雞口無爲牛後此是刪戰國策耳
按延篤戰國音義曰尸雞中之主從牛子然則
口當爲尸後當爲從俗寫誤也　應劭風俗通云

太史公記高漸離變名易姓爲人庸保匿作於宋子久之作苦聞其家堂上有客擊筑伎癢不能無出言案伎癢者懷其伎而腹癢也是以潘岳射雉賦亦云徒心煩而伎癢今史記並作徘徊或作傍徨不能無出言是爲俗傳寫誤爾　太史公論英布曰禍之興自愛姬生於妬媚以至滅國又漢書外戚傳亦云成結寵妾妬媚之誅此二媚並當作媢媢亦妬也義見禮記三蒼且五宗世家亦云常山憲王后妬媢王充論衡云妬夫媢婦生則忿怒

鬬訟葢知娼是妬之別名原英布之誅爲意賁赫耳不得言娼　史記始皇本紀二十八年丞相隗林丞相王綰等議於海上諸本皆作山林之林開皇二年五月長安民掘得秦時鐵稱權旁有銅塗鐫銘二所其一所曰廿六年皇帝盡幷兼天下諸矦黔首大安立號爲皇帝乃詔丞相狀綰灋度量則不壹歉疑者皆壹明之凡四十字其一所曰元年制詔丞相斯去疾法度量盡始皇帝爲之皆刻辭焉今襲號而刻辭不稱始皇帝其於久遠也如

後嗣爲之者不稱成功盛德刻此詔左使毋疑凡五十八字一字磨滅見有五十七字了了分明其書兼爲古隸余被勑寫讀之與內史令李德林對見此稱權今在官庫其丞相狀字乃爲狀貌之狀爿旁作犬則知俗作隗林非也當爲隗狀耳

漢書云中外禔福字當從示禔安也音匙匕之匙義見蒼雅方言河北學士皆云如此而江南書本多誤從手屬文者對耦並爲提挈之意恐爲誤

或問漢書注爲元后父名禁改禁中爲省中何故

以省代禁者曰案周禮宮正掌王宮之戒令糺禁鄭注云糺猶割也察也李登曰省察也張揖云省今省詧也然則小井所領二反並得訓察其處旣常有禁衛省察故以省代禁詧古察字也　漢明帝紀爲四姓小侯立學校桓帝加元服又賜四姓及梁鄧小侯帛是知皆外戚也明帝時外戚有樊氏郭氏陰氏馬氏爲四姓謂之小侯者或以年小獲封故須立學耳或以侍祠猥朝侯非列侯故曰小侯禮云庶方小侯則其義也　後漢書云鸛雀

銜三鱓音善魚多假借爲鱣鮪之鱣俗之學士因謂之爲鱣魚案魏武四時食制鱣魚大如五斗匳長一丈郭璞注爾雅鱣長二丈安有鸛雀能勝一者況三頭中鱣又純灰色無文章也鱓魚長者不過三尺大者不過三指黃地黑文故都講云虵鱓卿大夫服之象也續漢書及搜神記亦說此事皆作鱓字孫卿云魚鱉猶鱣及韓非說苑皆曰鱣似虵蚕似蠋並作鱣字假鱣爲鱓其來久矣 後漢書酷吏樊曅爲天水郡守涼州爲之歌曰寧見乳虎

穴不入壘城寺而江南書本穴皆誤作六學士因循迷而不寤夫虎豹穴居事之較者所以班超云不探虎穴安得虎子寧當論其六七乎　後漢書楊由傳云風吹削肺此是削札牘之柿耳古者書誤則削之故左傳云削而投之是也或即謂札爲削王褒童約曰書削代牘蘇竟書云昔以摩研編削之才皆其證也詩云代木滸滸毛傳云滸滸柹貌也史家假借爲肝肺字俗本悉作脯腊之脯或爲反哺之哺學士因解云削哺是屏障之名既無

證據亦爲妄矣此是風角占候耳風角書曰庶人風者拂地揚塵轉削若是屏障何由可轉也三輔決録云前隊大夫范仲公鹽豉蒜果共一筩果當作塊顆之顆北土通呼物一由改爲一顆蒜顆是俗間常語耳故陳思王鷂雀賦曰頭如果蒜目似擘椒又道經云合口誦經聲璅璅眼中淚出珠子碟其字雖異其音與義頗同江南但呼爲蒜符不知謂爲顆學士相承讀爲裹結之裹言鹽與蒜共苞一裹内筩中耳正史削繁音義又音蒜顆爲苦

戈反皆失也有人訪吾曰魏志蔣濟上書云弊攰之民何字也余應之曰意爲攰即是𢻫倦之𢻫耳要用字苑云𢻫音九僞反字見廣雅及陳思王集也張揖呂忱並云支傍作刀劒之刀亦是剞字不知蔣氏自造支傍作筋力之力或借剞字終當音九僞反　晉中興書太山羊曼常頹縱任俠飲酒誕節兗州號爲濌伯此字更無音訓梁孝元帝常謂吾曰由來不識唯張簡憲見教呼爲嚃羹之嚃自爾便遵承之亦不知所出簡憲是湘州刺史張纘諡也江南號爲碩學案

法盛世代殊近當是耆老相傳俗間又有黯黮語蓋無所不施無所不容之意也顧野王玉篇誤爲黑傍沓顧雖博物猶出簡憲孝元之下而二人皆云重邊吾所見數本並無作黑者重沓是多饒積厚之意從黑更無義旨　古樂府歌詞先述三子次及三婦婦是對舅姑之稱其末章云丈人且安坐調絃未遽央古者子婦供事舅姑旦夕在側與兒女無異故有此言丈人亦長老之目今世俗猶呼其祖考爲先亡丈人又疑丈當爲大北間風俗

婦呼舅爲大人公丈之與大易爲誤耳近代文士頗作三婦詩乃爲匹嫡並耦已之羣妻之意又加鄭衛之辭大雅君子何其謬乎　古樂府歌百里奚詞曰百里奚五羊皮憶別時烹伏雌吹扊扅今日富貴忘我爲吹當作炊煮之炊案蔡邕月令章句曰鍵關牡也所以止扉或謂之剡移然則當時貧困并以門牡木作薪炊耳聲類作扊又或作扂通俗文世間題云河南服虔字子慎造虔既是漢人其敘乃引蘇林張揖蘇張皆是魏人且鄭玄以

前全不解反語通俗反音甚爲近俗阮孝緒又云李虔所造河北此書家藏一本遂無作李虔者晉中經簿及七志並無其目竟不得知誰制然其文義允愜實是高才殷仲堪常用字訓亦引服虔俗說今復無此書未知即是通俗文爲當有異近代或更有服虔乎不能明也

或問山海經夏禹及益所記而有長沙零陵桂陽諸暨如此郡縣不少以爲何也答曰史之闕文爲日久矣加復秦人滅學董卓焚書典籍錯亂非止於此譬猶本草神農

所述而有豫章朱崖趙國常山奉高眞定臨淄馮翊等郡縣名出諸藥物爾雅周公所作而云張仲孝友仲尼修春秋而經書孔丘卒世本左丘明所書此說出皇甫謐帝王世紀而有燕王喜漢高祖汲冢瑣語乃載秦望碑蒼頡篇李斯所造而云漢兼天下海內并廁豨黥韓覆畔討滅殘列仙傳劉向所造而贊云七十四人出佛經列女傳亦向所造其子歆又作頌終于趙悼后而傳有更始韓夫人明德馬后及梁夫人嫕皆由後人所增非本文也　或問曰

東宮舊事何以呼鴟尾爲祠尾荅曰張敞者吴人不甚稽古隨宜記注逐鄉俗訛謬造作書字耳吴人呼祠祀爲鴟祀故以祠代鴟呼紺爲禁故以系旁作禁代紺字呼盞爲竹簡反故以木旁作展以代盞字呼鑊字爲霍字故以金傍作霍代鑊字又金傍作患爲鐶字木傍作鬼爲槐字火傍作庶爲炙字既下作毛爲暨字金花則金傍作華窻扇則木傍作扇諸如此類專輒不少又問東宮舊事六色罽緄是何等物當作何音荅曰按說文云莙牛

藻也讀若威音隱塢瑰反即陸機所謂聚藻葉如蓬者也郭璞注三蒼亦云蘊藻之類也細葉蓬茸生然今水中有此物一節長數寸細茸如絲圓繞可愛長者二三十節猶呼爲莙又寸斷五色絲橫著線股間繩之以象莙草用以飾物即名爲莙于時當紺六色罽作此莙以飾緄帶張敞因造系旁畏耳宜作隈栢人城東北有一孤山古書無載者唯闞駰十三州志以爲舜納于大麓即謂此山其上今猶有堯祠焉世俗或呼爲宣務山或呼爲虚

無山莫知所出趙郡士族有李穆叔季節兄弟李普濟亦爲學問並不能定鄉邑此山余嘗爲趙州佐共太原王邵讀柏人城西門内碑碑是漢桓帝時柏人縣民爲縣令徐整所立銘曰土有巏務山王喬所仙方知此巏務山也巏字遂無所出務字依諸字書即旄丘之旄也旄字字林一音亡付反今依附俗名當音權務耳入鄴爲魏收說之收大嘉歎値其爲趙州莊嚴寺碑銘曰權務之精即用此也

或問一夜何故五更更何所訓荅曰漢魏

以來謂爲甲夜乙夜丙夜丁夜戊夜又云鼓一鼓二鼓三鼓四鼓五鼓亦云一更二更三更四更五更皆以五爲節西都賦亦云衛以嚴更之署所以爾者假令正月建寅斗柄夕則指寅曉則指午矣自寅至午凡歷五辰冬夏之月雖復長短參差然辰間遼闊盈不至六縮不至四進退常在五者之間更歷也經也故曰五更爾　爾雅云朮山薊也郭璞注云今朮似薊而生山中案朮葉其體似薊近世文士遂讀薊爲筋肉之筋以耦地骨用之恐

失其義　或問俗名傀儡子爲郭禿有故實乎荅曰風俗通云諸郭皆諱禿當是前代人有姓郭而病禿者滑稽戲調故後人爲其象呼爲郭禿猶文康象庾亮耳　或問曰何故名治獄參軍爲長流乎荅曰帝王世紀云帝少昊崩其神降于長流之山（此事本出山海經流作留）於祀主秋（此說本於月令）按周禮秋官司寇主刑罰長流之職漢魏捕賊掾耳晉宋以來始爲參軍上屬司寇故取秋帝所居爲嘉名焉　客有難主人曰今之經典子皆謂非說文所言子皆

云是然則許慎勝孔子乎主人撫掌大笑應之曰今之經典皆孔子手迹耶客曰今之說文皆許慎手迹乎荅曰許慎檢以六文貫以部分使不得誤誤則覺之孔子存其義而不論其文也先儒尚得改文從意何況書寫流傳耶必如左傳止戈爲武反正爲乏皿蟲爲蠱亥有二首六身之類後人自不得輒改也安敢以說文校其是非哉且余亦不專以說文爲是也其有援引經傳與今乖者未之敢從　又相如封禪書曰導一莖六穗於庖犧雙

觡共抵之獸此導訓擇光武詔云非徒有豫養導擇之勞是也而說文云導是禾名引封禪書爲證無妨自當有禾名導非相如所用也禾一莖六穗於庖豈成文乎縱使相如天才鄙拙强爲此語則下句當云麟雙觡共抵之獸不得云犧也吾甞笑許純儒不達文章之體如此之流不足憑信大抵服其爲書隱括有條例剖析窮根源鄭玄注書往往引其爲證若不信其說則冥冥不知一點一畫有何意焉世間小學者不通古今必依小篆是正

書記凡爾雅三蒼說文豈能悉得蒼頡本指哉亦是隨代損益各有同異西晉已往字書何可全非但令體例成就不爲專輒耳考校是非特須消息至如仲尼居三字之中兩字非體三蒼尼旁益丘說文居下施几如此之類何由可從古無二字又多假借以中爲仲以說爲悅以召爲邵以閒爲閑如此之徒亦不勞改自有訛謬過成鄙俗亂旁爲舌揖下無耳黿鼉從龜奮奪從雚（音館）席中加帶惡上安西鼓外設皮鑿頭生毀離則配禹壑乃施豁

巫混經旁皐分澤片獵化爲獦（音葛獸名出山海經）寵變成竉（竉音郎動反孔也故從穴）業左益土靈底著器率字自有律音强改爲别單字自有善音輒析成異如此之類不可不治吾昔初看說文蚩薄世字從正則懼人不識隨俗則意嫌其非略是不得下筆也所見漸廣更知通變救前之執將欲半焉若文章著述猶擇微相影響者行之官曹文書世間尺牘幸不違俗也案彌亘字從二間舟詩云亘之秬秠是也今之隸書轉舟爲日而何法盛中興書乃以舟在二

間爲舟航字謬也春秋說以人十四心爲德詩說
以二在天下爲酉漢書以貨泉爲白水眞人新論
以金昆爲銀國志以天上有口爲吳晉書以黃頭
小人爲恭宋書以召力爲劭叅同契以人負告爲
造如此之例蓋數術謬語假借依附雜以戲笑耳
如猶轉貢字爲項以叱爲七安可用此定文字音
讀乎潘陸諸子離合詩賦拭卜破字經及鮑昭謎
字皆取會流俗不足以形聲論之也　河間邢
芳語吾云賈誼傳云日中必熭注熭暴也曾見人

解云此是暴疾之意正言日中不須臾卒然便昃耳此釋爲當乎吾謂邢曰此語本出太公六韜案字書古暴曬字與暴疾字相似唯下少異後人專輒加傍日耳言日中時必須暴曬不爾者失其時也晉灼已有詳釋芳笑服而退

音辭篇十八

夫九州之人言語不同生民已來固常然矣自春秋標齊言之傳離騷目楚詞之經此蓋其較明之初也後有揚雄著方言其書大備然皆考名物之

同異不顯聲讀之是非也逮鄭玄注六經高誘解呂覽淮南許慎造說文劉熹製釋名始有譬況假借以證音字耳而古語與今殊別其間輕重清濁猶未可曉加以外言內言急言徐言讀若之類益使人疑孫叔言創爾雅音義是漢末人獨知反語至於魏世此事大行高貴卿公不解反語以為怪異自茲厥後音韻鋒出各有土風遞相非笑指馬之諭未知孰是共以帝王都邑參校方俗考覈古今為之折東榷而量之獨金陵與洛下耳南方水

土和柔其音清舉而切詣失在浮淺其辭多鄙俗北方山川深厚其音沉濁而鈋鈍得其質直其辭多古語然冠冕君子南方爲優閭里小人北方爲愈易服而與之談南方士庶數言可辯隔垣而聽其語北方朝野終日難分而南染吳越北雜夷虜皆有深弊不可具論其謬失輕微者則南人以錢爲涎以石爲射以賤爲羨以是爲舐北人以庶爲戍以如爲儒以紫爲姊以洽爲狎如此之例兩失甚多至鄴已來唯見崔子約崔瞻叔姪李祖仁李

蔚兄弟頗事言詞少爲切正李季節著音譜決疑時有錯失陽休之造切韻殊爲踈野吾家兒女雖在孩稚便漸督正之一言訛替以爲己罪矣云爲品物未考書記者不敢輒名汝曹所知也古今言語時俗不同著述之人楚夏各異蒼頡訓詁反稗爲逋賣反娃爲於乖戰國策音刎爲免穆天子傳音諫爲間說文音戛爲棘讀皿爲猛字林音看爲口甘反音伸爲辛韻集以成仍宏登合成兩韻爲奇益石分作四章李登聲類以系音羿劉昌宗周

官音讀乘若承此例甚廣必須考校前世反語又
多不切徐仙民毛詩音反驟爲在遘左傳音切椽
爲徒緣不可依信亦爲衆矣今之學士語亦不正
古獨何人必應隨其訛僻乎通俗文曰入室求曰
搜反爲兄侯然則兄當音所榮反今北俗通行此
音亦古語之不可用者璵璠魯之寶玉當音餘煩
江南皆音藩屏之藩岐山當音爲奇江南皆呼爲
神祇之祇江陵陷沒此音被於關中不知二者何
所承案以吾淺學未之前聞也北人之音多以舉

莒爲矩唯李季節云齊桓公與管仲於臺上謀伐莒東郭牙望桓公口開而不閉故知所言者莒也然則莒矩必不同呼此爲知音矣夫物體自有精麤精麤謂之好惡人心有所去取去取謂之好惡（上呼号反 下烏故反）此音見於葛洪徐邈而河北學士讀尚書云好（呼考反）生惡（於各反）殺是爲一論物體一就人情殊不通矣甫者男子之美稱古書多假借爲父字北人遂無一人呼爲甫者亦所未喻唯管仲范增之號須依字讀耳（管仲號仲父 范增號亞父）案諸字書焉

字鳥名或云語詞皆音於愆反自葛洪要用字苑分焉字音訓若訓何訓安當音於愆反於焉逍遥於焉嘉客焉用佞焉得仁之類是也若送句及助詞當音矣愆反故稱龍焉故稱血焉有民人焉有社稷焉託始焉爾晉鄭焉依之類是也江南至今行此分别昭然易曉而河北混同一音雖依古讀不可行於今也邪者音琊未定之詞左傳曰不知天之棄魯邪抑魯君有罪於鬼神邪莊子云天邪地邪漢書云是邪非邪之類是也而北人即呼爲也

字亦爲誤矣難者曰繫辭云乾坤易之門戶邪此又爲未定辭乎荅曰何爲不爾上先標問下方列德以折之耳江南學士讀左傳口相傳述自爲凡例軍自敗曰敗打破人軍曰敗補敗反諸記傳未見補敗反徐仙民讀左傳唯一處有此音又不言自敗敗人之別此爲穿鑿耳　古人云膏粱難整以其爲驕奢自足不能尅勵也吾見王侯外戚語多不正亦由内染賤保傳外無良師友故耳梁世有一侯常對元帝飲謔自陳癡鈍乃成颸段元帝荅

之云颸異凉風段非于木謂郢州爲永州元帝啓報簡文簡文云庚辰吴入遂成司隸如此之類舉口皆然元帝手教諸子侍讀以此爲誡河北反攻字爲古琮與工公功三字不同殊爲僻也比世有人名暹自稱爲纖名琨自稱爲衮名洸自稱爲汪名勬音藥自稱爲獡音爍非唯音韻舛錯亦使其兒孫避諱紛紜矣

雜藝篇十九

眞草書迹微須留意江南諺云尺牘書疏千里面

目也承晉宋餘俗相與事之故無頓狼狽者吾幼承門業加性愛重所見法書亦多而翫習功夫頗至遂不能佳者良由無分故也然而此藝不須過精夫巧者勞而智者憂常爲人所役使更覺爲累韋仲將遺戒深有以也

王逸少風流才士蕭散名人舉世唯知其書翻以能自蔽也蕭子雲每歎曰吾著齊書勒成一典文章弘義自謂可觀唯以筆迹得名亦異事也王褒地胄清華才學優敏後雖入關亦被禮遇猶以書工崎嶇碑碣之間辛苦

筆硯之役嘗悔恨曰假使吾不知書可不至今日
邪以此觀之愼勿以書自命雖然厮猥之人以能
書拔擢者多矣故道不同不相爲謀也梁氏祕閣
散逸以來吾見二王眞草多矣家中嘗得十卷方
知陶隱居阮交州蕭祭酒諸書莫不得羲之之體
故是書之淵源蕭晚節所變乃是右軍年少時法
也晉宋以來多能書者故其時俗遞相染尚所有
部帙楷正可觀不無俗字非爲大損至梁天監之
間斯風未變大同之末訛替滋生蕭子雲改易字

體邵陵王頗行僞字前上爲草能傍作長之類是
也朝野翕然以爲楷式畫虎不成多所傷敗至爲
一字唯見數點或妄斟酌遂便轉移爾後墳籍略
不可看北朝喪亂之餘書迹鄙陋加以專輒造字
猥拙甚於江南乃以百念爲憂言反爲變不用爲
罷追來爲歸更生爲蘇先人爲老如此非一徧滿
經傳唯有姚元標工於楷隸留心小學後生師之
者衆洎于齊末祕書繕寫賢於往日多矣江南閭
里間有畫書賦此乃陶隱居弟子杜道士所爲其

人未甚識字輕爲軌則託名貴師世俗傳信後生頗爲所誤也　畫繪之工亦爲妙矣自古名士多或能之吾家常有梁元帝手畫蟬雀白團扇及馬圖亦難及也武烈太子偏能寫眞坐上賓客隨宜點染即成數人以問童孺皆知其名矣蕭賁劉孝先劉靈並文學已外復佳此法翫閱古今特可寶愛若官未通顯每被公私使令亦爲猥役吳郡顧士端出身湘東國侍郎後爲鎮南府刑獄參軍有子曰庭西朝中書舍人父子並有琴書之藝尤妙

丹青常被元帝所使每懷羞恨彭城劉岳橐之子也仕爲驃騎府管記平氏縣令才學快士而畫絕倫後隨武陵王入蜀下牢之敗遂爲陸護軍畫支江寺壁與諸工巧雜處向使三賢都不曉畫直運素業豈見此恥乎　弧矢之利以威天下先王所以觀德擇賢亦濟身之急務也江南爲世之常射以爲兵射冠冕儒生多不習此别有博射弱弓長箭施於準的揖讓昇降以行禮焉防禦寇難了無所益亂離之後此術遂亡河北文士率曉兵射非

直蕩洪一箭已解追兵三九讌集常縻榮賜雖然要輕禽截狡獸不願汝輩爲之　卜筮者聖人之業也但近世無復佳師多不能中古者卜以決疑今人生疑於卜何者守道信謀欲行一事卜得惡卦反令恜恜（音敕惕也）此之謂乎且十中六七以爲上手麄知大意又不委曲凡射奇偶自然半收何足賴也世傳云解陰陽者爲鬼所嫉坎壈貧窮多不稱泰吾觀近古以來尤精妙者唯京房管輅郭璞耳皆無官位多或罹災此言令人益信儻值世網

嚴密強負此名便有詿誤亦禍源也及星文風氣
率不勞爲之吾嘗學六壬式亦值世間好匠聚得
龍首金匱玉燮玉曆十許種書討求無驗尋亦悔
罷凡陰陽之術與天地俱生其吉凶德刑不可不
信但去聖既遠世傳術書皆出流俗言辭鄙淺驗
少妄多至如反支不行竟以遇害歸忌寄宿不免
凶終拘而多忌亦無益也　算術亦是六藝要事
自古儒士論天道定律曆者皆學通之然可以兼
明不可以專業江南此學殊少唯范陽祖暅精之

位至南康太守河北多曉此術（曉音旦）　醫方之事取妙極難不勸汝曹以自命也微解藥性小小和合居家得以救急亦爲勝事皇甫謐殷仲堪則其人也　禮曰君子無故不徹琴瑟古來名士多所愛好洎於梁初衣冠子孫不知琴者號有所闕大同以來斯風頓盡然而此樂愔愔雅致有深味哉今世曲解雖變於古猶足以暢神情也唯不可令有稱譽見役勳貴處之下坐以取殘杯冷炙之辱戴安道猶遭之況爾曹乎　家語曰君子不博爲

其兼行惡道故也論語云不有博奕者乎爲之猶賢乎已然則聖人不用博奕爲教但以學者不可常精有時疲倦則儻爲之猶勝飽食昏睡兀然端坐耳至如吳太子以爲無益命韋昭論之王肅葛洪陶侃之徒不許目觀手執此並勤篤之志也能爾爲佳古爲太博則六箸小博則二煢今無曉者此世所行一煢十二棊數術淺短不足可翫圍棊有手談坐隱之目頗爲雅戲但令人耽憒廢喪實多不可常也　投壺之禮近世愈精古者實以小

豆爲其矢之躍也今則唯欲其驍益喜多益乃有倚竿帶劒狼壺豹尾龍首之名其尤妙者有蓮花驍汝南周璝弘正之子會稽賀徽賀革之子並能一箭四十餘驍賀又嘗爲小障置壺其外隔障投之無所失也至鄴以來亦見廣寧蘭陵諸王有此校具舉國遂無投得一驍者彈棊亦近世雅戲消愁釋憒時可爲之

終制篇二十

死者人之常分不可免也吾年十九值梁家喪亂

其間與白刃爲伍者亦常數輩幸承餘福得至於今古人云五十不爲夭吾已六十餘故心坦然不以殘年爲念先有風氣之疾常疑奄然聊書素懷以爲汝誡先君先夫人皆未還建鄴舊山旅葬江陵東郭承聖末啓求揚都欲營遷厝蒙詔賜銀百兩已於揚州小郊北地燒塼便值本朝淪没流離如此數十年間絕於還望今雖混一家道罄窮何由辦此奉營資費且揚都汙毁無復子遺還被下濕未爲得計自咎自責貫心刻髓計吾兄弟不當

仕進但以門衰骨肉單弱五服之内傍無一人播越他鄉無復資廕使汝等沉淪廝役以爲先世之恥故靦冒人間不敢墜失兼以北方政教嚴切全無隱退者故也今年老疾侵儻然奄忽豈求備禮乎一日放臂沐浴而已不勞復魄殮以常衣先夫人棄背之時屬世荒饉家塗空迫兄弟幼弱棺器率薄藏内無塼吾當松棺二寸衣帽已外一不得自隨牀上唯施七星板至如蠟弩牙玉豚錫人之屬並須停省糧甖明器故不得營碑誌旒旐彌在

言外載以鱉甲車襯土而下平地無墳若懼拜掃
不知兆域當築一堵低墻於左右前後隨爲私記
靈筵勿設枕几朔望祥禫唯下白粥清水乾棗不
得有酒肉餅果之祭親友來餟酹者一皆拒之汝
曹若違吾心有加先妣則陷父不孝在汝安乎其
内典功德隨力所至勿刳竭生資使凍餒也四時
祭祀周孔所敎欲人勿死其親不忘孝道也求諸
内典則無益焉殺生爲之翻增罪累若報罔極之
德霜露之悲有時齋供及盡忠信不辱其親所望

於汝也孔子之塟親也云古者墓而不墳丘東西南北之人也不可以弗識也於是封之崇四尺然則君子應世行道亦有不守墳墓之時況爲事際所逼也吾今羈旅身若浮雲竟未知何鄉是吾塟地唯當氣絕便埋之耳汝曹宜以傳業揚名爲務不可顧戀朽壤以取湮沒也

顏氏家訓卷之下

顏氏家訓跋

中古著書未有以教家名者至杜篤王裒各有家戒馬融有遺令而諸書皆散逸不傳惟顏氏家訓獨爲教家篇帙之始觀其援摭禮意維繫人情足稱家倫上藥六代英藻中之秋實也宋司馬温公家範十有九類要皆自此衍出顧黄門往往以遵易爲訓

而温公采錄有人所甚難者蓋北俗自東晉入於夷者且數十百年故宜從易處誘之有宋家法已備惟難而後見已備者之尋常也此編安成顏公家有專刻業以治其家者一治寧海再治嘉禾而兩邑之民視猶一父之子是齊而後治之左驗也頃彙傳書吏命筆校凡為校正偏旁訛貿數

十字如子生咲踶後人所羼劉熹製韡名及紫色蛙聲兩見之類或當時書法通用別自有解偶而兩載今並存置以俟瞻闡更定海鹽姚士粦謹跋

金陵全書
丁編·文獻類

還冤記

（北齊）顔之推 撰

南京出版傳媒集團
南京出版社

還寃記卷之上

安成顏欲章編
臨官姚士粦校

周杜國之伯名曰恒入爲周大夫宣王之妾曰女鳩欲通之杜伯不可女鳩訴之宣王曰恒竊與妾交宣王信之囚杜伯于焦使薛甫與司空錡殺杜伯其友左儒九諫而王不聽左儒死之杜伯既死即爲人見王曰恒之罪何哉王召祝而以杜伯語告之祝曰始殺杜伯誰與王謀之王

曰司空錡也祝曰何不殺錡以謝之宣王乃殺錡使祝以謝杜伯伯猶爲人而至言其無罪司空錡又爲人而至曰臣何罪之有宣王告皇甫曰祝也爲我謀而殺人吾所殺者又皆爲人而見訴當柰何乎皇甫曰殺祝以謝之可也宣王乃殺祝以兼謝焉又無益也未幾皆爲人而至祝亦曰我焉知之柰何以此爲罪而殺臣也後三年宣王遊於圃田從人滿野日中見杜伯乘白馬素車司空錡爲左祝爲右朱衣朱冠起於

道左執朱弓彤矢射宣王中心折脊伏於弓矢
而死
吳王夫差殺其臣公孫聖而不以罪後越伐吳夫
差敗走謂太宰嚭曰吾前殺公孫聖投於胥山
之下今道由之吾上畏蒼天下慙於地吾舉足
而不能進心不忍往子試唱於前若聖猶在當
有應聲嚭乃登餘杭之山呼之曰公孫聖聖即
從上應曰在三呼而三應吳王大懼仰天歎曰
蒼天乎寡人豈可復歸乎吳王遂死不返

燕臣莊子儀無罪而簡公殺之子儀曰死者無知則已若其有知不出三年當使君見之明年簡公將祀於祖澤燕之有祖澤猶宋之有桑林國之大祀也男女觀之子儀起於道左荷朱杖擊公公死於車上

漢高如意高帝第四子也呂后生長子立爲皇太子而如意毋戚夫人得寵於帝帝欲易太子而立如意羣臣爭之故遂封如意於趙呂后以是嫉之及高帝崩呂后候如意到長安而拉殺之

又支斷戚夫人手足號爲人彘後呂后祓除於灞上還道中見物如蒼狗攫后腋忽而不見卜之云趙王如意爲祟遂病腋傷而死

漢何敞爲交趾刺史行部到蒼梧郡高要縣暮宿鵠奔亭夜猶未半有一女子從樓下出自云妾姓蘇名娥字始珠本廣信縣修里人早失父母又無兄弟夫亦久亡有雜繒帛百二十疋及婢一人名致富孤窮羸弱不能自振欲往傍縣賣繒就同縣人王伯賃車一乘直錢萬二千載妾

并繒令致富執轡以前年四月十日到此亭外於時巳暮行人既絶不敢前行因即留止致富暴得腹痛妾往亭舍乞漿取火亭長龔壽操刀持戟來至車傍問妾曰夫人從何所來車上何載丈夫安在何故獨行妾應之曰何勞問之壽因捉臂欲汚妾妾不從壽即以刀刺脅妾立死又殺致富壽掘樓下埋妾并婢取財物去殺牛燒車杠及牛骨投亭東空井中妾死痛酷無所告訴故來告於明使君敞曰今欲發汝屍骸以

何爲驗女子曰妾上下皆著白衣青絲履猶未朽也掘之果然敞乃遣吏捕壽栲問具服下廣信縣驗問與娥語同收壽父母兄弟皆繫獄敞表壽殺人於常律不至族誅但壽爲惡首隱密經年王法所不能得鬼神自訴千載無一請皆斬之以助陰誅上報聽之

漢時有王忳者字少琳爲郿縣令之縣到斄亭亭素有鬼數數殺人忳宿樓上夜有女子稱欲訴冤無衣自進忳以衣與之乃進曰妾本涪令妻

也欲往之官過此亭宿亭長殺妾大小十口埋
在樓下奪取衣裳財物亭長今爲縣門下游徼
忳曰當爲汝報之無復妄殺良善也鬼投衣而
去忳旦召游徼詰問即服收同謀十餘人並殺
之掘取諸喪歸其家殯葬之亭永清寧人謠曰
信哉少琳世無偶飛被走馬與鬼語
漢時游殷字幼齊爲羽林中郎將先與司隸校尉
胡軫有隙軫遂誣構殺之殷死月餘軫得病目
睛脫但言伏罪伏罪游幼齊將鬼來也於是遂

死

漢王宏字長文爲扶風太守與司徒王允俱爲李傕等所害宏素與司隷校尉胡伸不相能伸因就獄竟其事宏臨死歎曰胡伸小子勿樂人之禍禍必及汝伸後病頭不得舉眼若睡便見宏來以大杖擊之數日而死

漢靈帝宋皇后無寵而居正位後宮幸姬共譖毀之初中常侍王甫枉誅渤海王悝及妃妃即后之姑也甫恐后怒之乃與大中大夫程何共構

后執左道咒詛靈帝信之遂收后璽綬后自致暴室而以憂死父及兄弟俱被誅殺諸常侍小黃門在省閤者皆憐宋氏無罪帝後夢見桓帝怒曰宋皇后何罪過而聽用邪孽使絕其命昔渤海王悝既已自貶又受誅斃今宋后及悝皆訴于天上帝震怒罪在難救夢殊明察既覺而懼以問羽林左監許永此爲何祥其可禳乎永對以宋后及渤海無辜之狀並請改葬以安冤魂還宋家之徙復渤海之封以消災咎帝弗能

用尋亦崩焉

王陵字彥雲爲魏揚州刺史司馬宣王功業日隆旣誅魏大將軍曹爽篡奪之迹稍彰陵以魏帝制於彊臣不堪爲主楚王彪年長而有才欲迎立之兗州刺史黃華以陵陰謀白宣王宣王自將中軍討陵掩然卒至陵自知勢窮乃单舸出迎宣王遂送陵還京師陵至項城過賈逵廟側呼曰賈梁道吾固盡心於魏之社稷惟爾有神知之陵遂飲藥酒死三族皆誅其年宣王有病

白日見逵來幷陵爲祟因呼陵字曰彥雲緩我
宣王身亦有打處少時遂卒
魏夏侯玄字太初以當時才望爲司馬景王所忌
而殺之玄宗族爲之設祭見玄來靈座脫頭置
其旁悉歛果肉食物以納頭旣而還自安頸而
言曰吾得訴於上天矣司馬子元無嗣也已而
景王薨遂無子文王封次子攸爲齊王繼景王
後攸薨子冏嗣立尋亦見殺及永嘉之亂有巫
見宣王泣云我國家傾覆正由曹爽夏侯玄二

人訴寃得伸故也

程普字嘉謀吳孫權將也領江夏太守盪寇將軍背殺叛者數百人皆使投火即日普病熱百餘日轉劇死

吳幼帝即位諸葛恪輔政孫峻爲侍中大將軍恪强愎傲物峻險側好權鳳凰三年恪攻新城無功而還峻將以幼帝饗恪而殺之其日恪精神擾動通夕不寐張幼勝胤以峻謀告恪恪曰豎子其何能爲不過因酒食行酖毒耳將親信人

以樂酒自隨恪將入畜犬銜其衣裾不得去者三恪顧拊犬頭曰怖耶無苦也既入峻伏兵殺之峻後病夢爲恪所擊狂言常稱見恪索命遂死

徐光在吳常行術市里閒種梨橘棗栗立得食之而市肆賣者皆已耗矣凡言水旱甚驗常過大將軍孫綝門褰裳而趨左右唾踐或問其故答曰流血覆道臭腥不可耐耳綝聞怒而殺之斬其頭無血及綝廢幼帝更立景帝將拜陵上車

有大飃風如𢎞從空中墜綝車上車爲之傾頓因顧見徐光在松栢樹上附手指揮嗤笑之綝問侍從無見者甚惡之俄而景帝誅綝兄弟四人一旦爲戮

羊聃字彭祖晉廬江太守爲人剛克粗暴恃國姻親縱恣尤甚睚眦之嫌輒加刑戮征西大將軍庾亮檻送具以狀聞右司馬奏聃殺郡將吏及民簡良等二百九十人徒謫一百餘人應棄市依八議請宥顯宗詔曰此事古今所未有此而

可忍孰不可忍何八議之有下獄所賜命聃兄子賁先尚南郡公主自表解婚詔不許琅邪孝王妃山氏聃之甥也苦以爲請於是司徒王導啓聃罪不容恕宜極重法山太妃憂慼成疾陛下罔極之恩宜蒙生全之宥於是下詔曰山太妃惟此一舅發言摧哽乃至吐血情慮深重朕丁荼毒受太妃撫育之恩同於慈親若不堪難忍之痛以致頓斃朕亦何顏自處今便原聃生命以慰太妃渭陽之恩於是除名爲民少時聃

便病恒見簡良等曰枉豈可殺今來相取自由
黄泉經宿而死
晋時庾亮誅陶稱後咸康五年冬至節會文武數
十人忽然悉起向階拜揖庾驚問故並云陶公
來陶公是稱父侃也庾亦起迎陶公扶兩人悉
是舊怨傳詔左右數十人皆持刀仗戈陶公謂
庾曰老僕舉君自代不圖此恩反戮其孤故來
相問陶稱何罪身已得訴于帝矣庾不得一言
遂寝疾八年一日死

晉王濟侍者常於閤中就婢取濟衣物婢欲奸之其人云不敢婢言若不從我我當大呼其人卒不肯婢遂呼云其欲奸我濟即令殺之其人具陳說濟不信故牽將去顧謂濟曰枉不可受要當訴府君於天未幾濟病忽見此人語之曰前具實告旣不見理便應去濟數日而死

晉大司馬桓温功業殊盛負其才力久懷簒逆廢晉帝爲海西公而立會稽王是爲簡文帝太宰武陵王晞性尚武事好犬馬遊獵温常忌之故

加罪狀奏免晞及子綜官又逼新蔡王晃使刎
晞綜及前著作郎殷涓太宰長史庾倩等謀反
頻請殺之詔特赦晞父子乃徙新安殺涓涓父
浩先爲溫所廢涓頻有氣尚遂不詣溫而與晞
遊溫乃疑之庾倩乃坐有才望且宗族甚强所
以並致極法簡文尋崩而皇太子立遺詔委政
於溫依諸葛亮王導舊事溫大怨望以爲失權
偕溫愈甚後詣簡文高平陵方欲伏拜見帝在
墳前舉體振衣語溫云家國不造委任失所溫

答臣不敢臣不敢既登車爲左右說之又問殷涓形狀答以肥短溫云向亦見在帝側十餘日便因此發瘛而死

晉明帝殺力士金玄謂持刀者曰我頭多筋斫之必令即斷吾將報汝持刀者不能留意遂斫數瘡然後絕後見玄絳冠朱服赤弓彤矢射持刀者呼云金玄緩我少時遂死

晉富陽縣令王範有妾桃英姝有姿色遂與閣下丁豐史華期二人奸通範常出行不返帳內都

督孫元弼聞丁豐戶中有環珮聲覘視見桃英與同被而臥元弼叩戶扇叱之桃英即起攬裙理鬢躡履還內元弼又見華期帶珮桃英麝香二人俱元弼告之乃共謗元弼與桃英有私乾不辨察遂殺元弼有陳超者當時在坐勸成元弼罪後乾代還超亦出都看乾行至赤亭山下值雷雨日暮忽然有人扶超腋逕曳將去入荒澤中電光照見一鬼面甚青黑眼無瞳子曰吾孫元弼也訴冤皇天早見伸理連時候汝今乃

相見超叩頭流血鬼曰王範既爲事主當先殺之賈景伯孫文度在太山玄堂下共定死生錄桃英魂魄亦收在女青亭女青亭者是第三地獄名在黃泉下專治女鬼投至天明失鬼所在超至揚都詣範未敢說之便見鬼從外來逕入範帳至夜範始眠忽然大厭連呼不醒家人牽青牛臨範上幷加桃人左索向明小蘇十許日而死妾亦暴亡超亦逃走長干寺易姓名爲何規後五年三月三日臨水酒酣超云今當不復

畏此鬼也言訖低頭便見鬼影已在水中以手搏超鼻血大流出可一升許數日而死

河間國兵張鹿經曠二人相與諧善晉太元十四年五月五日共升鍾嶺坐於山椒鹿酒酣失性拔刀斬曠甫夕曠託夢於母自說爲鹿所殺投屍於澗中脫裳覆腹尋覓之時必難可得當令裳飛起以示處也明晨追捕一如所言鹿知事露將出詐叛逸出門見曠手執雙刀來擬其面遂不得去母遂報官鹿伏辜

晉山陰縣令石密先經爲御史枉奏殺典客令萬
默密後白日見默來殺遂死
晉會稽孔基勤學有志操族人孔敞使其二子從
基爲師而敞子並兇狠趨向不軌基屢言於敞
此兒常有忿志敞尋喪亡服制既除基以宿舊
乃齎羊酒往看二子二子猶懷宿怨潛遣奴路
側殺基奴還未至乃見基來張目攘袂厲聲言
曰奸醜小豎人面獸心吾蒙顧存昔敦舊平昔
有何怨惡候道見害反天忘父人神不容要當

斷汝家種從此之後數數見形孔氏無幾大兒向厠忽便絕倒絡繹往看已斃於地次者尋復病疽而死卒致兄弟無後

李雄既王於蜀其第四子期嗣立從叔父壽襲期而廢爲邛都公尋復殺之乃自立壽性素兇狠猜忌僕射蔡興等以正直忤旨遂誅之無幾壽病恒見李期蔡興等爲祟嘔血而死

前凉張駿據有凉州忌害鎮軍武威陰鑒以其宗族強大而多功也遂諷其主簿魏纂誣鑒謀反

駿逼鑒自殺後三年纂病見鑒在側旬日死

前涼張天錫元年西域校尉張頎以怨殺麴儉儉臨死具言取之後頎夜見白狗自拔刀斫之不中頎便倒地不起左右見儉在旁遂以暴卒

前涼張祚以晉永和中爲涼州刺史因自立爲涼王河州刺史張瓘士衆强盛祚猜忌之密遣兵圖瓘瓘率衆拒祚祚遂爲瓘所殺後數見祚來部從鎧甲舉手指瓘云氐奴要截汝頭瓘入姑藏立張玄靜爲涼王自爲涼州牧又謀殺玄靜

而自王事未遂間與玄靜同車出城西門橋梁
宇[illegible]忽摧折刺史舊事正旦放鳥䨇所放出手
輒死有鸛來巢廣夏門彈逐不去自往看之燉
煌宋混遣弟澄卽於巢所害䨇䨇臨命語澄曰
汝荷婚姻而反爲逆皇天后土必當照之我自
可死當令汝暨我矣混自爲尚書令輔政有疾
晝日見䨇從屋下奄入柱中其柱狀若火燒掘
土則無所見混因病死澄後燃燈油變爲血旣
中馬一夕無尾二歲小兒作老公聲呼曰宋澄

所汝頭又城東水出火後三年澄爲張邕所殺
後秦姚萇字景茂赤亭羌也父弋仲事石勒石氏
旣滅萇隨其兄襄與苻永固戰於三原軍敗襄
死萇乃降於永固卽授位祿累加爵邑轉龍驤
將軍督梁益州諸軍事永固謂之曰朕昔以龍
驤建業此號未曾假人今持山南委卿故特以
相授其崇寵任優重如此後隨永固子叡討慕
容泓爲泓所敗叡獨死之萇遣長史詣永固謝
罪永固怒甚卽戮其使萇益恐懼遂奔西州邀

聚州卒而自樹置永固頻爲慕容冲所敗冲轉侵逼永固又屢見妖怪遂走入五將山萇遣驍騎將軍吳中圍之中執永固送萇即日囚之且求傳國璽并令讓位永固不從數以叛逆之罪萇遂殺之即自稱尊既又出永固屍鞭撻無數裸剥衣裳薦之以棘掘坎埋之及萇遇疾便夢永固將天官使者及鬼官數百突入營中萇甚倲愕走入後帳宮人逆來刺鬼悞中萇陰鬼相謂曰正着死所拔去矛刃出血石餘忽然驚寤

即患陰腫令醫刺之流血如夢又狂言曰殺陛下者臣兄襄耳非臣萇罪願不賜枉後三日而萇死

宋元嘉中李龍等夜行刼掠於時丹陽陶繼之爲秣陵縣令令人密緝捕遂擒龍等所引一人是太樂伎忘其姓名刼發之夜此伎與同伴往就人宿共奏音聲陶不詳審爲作欵列隨例申上而所宿主人及賓客並相明證陶知枉濫但以文書已行不欲自爲通塞遂并諸刼十人於郡

門斬之此伎聲藝精能又姝辨慧將死親隣知
舊看者甚衆伎曰我雖賤隸少懷慕善未嘗爲
非實不作刧陶令已當具知枉見殺害若死無
鬼則已有鬼必自陳訴因彈琵琶歌數曲而就
死衆知其枉莫不隕泣經月餘日陶遂夢伎來
至案前云昔枉見殺實所不分訴天得理令故
取君便跳入陶口仍落腹中陶即驚寤俄而倒
絶狀若風顛良久蘇醒有時而發發即夭矯頭
反着背四日而亡亡後家便貧瘁二兒早死餘

有一孫寔窮路次

宋泰始元年江州刺史鄧琬立刺史晉安王子勛爲帝以作亂初南郡太守張悅得罪鏁歸揚都及湓口琬赦之以爲冠軍將軍與共綱紀軍事琬前軍袁顗既敗張悅懼誅乃稱暴疾伏甲而召琬琬至謂之曰卿首唱此禍今事急矣計將安出琬曰斬晉安王以待王師或可以免悅怒曰卿始此禍而欲賣罪少帝乎命斬於牀前并殺其子以琬頭降至五年悅臥病見琬爲厲遂

死

宋曇摩讖博達多識自少出家爲沙門北凉沮渠蒙遜深所信重魏主聞之遣太常李順拜遜爲凉王乃求迎讖遜怯而不與讖意欲入魏屢從遜請行遜怒殺讖旣而左右嘗白日中見讖以劍擊遜遜因以疾死

魏支法存者本是胡人生長廣州妙善醫術遂成巨富有八尺毾㲪作百種形像光彩耀日又有沉香八尺板牀居常芬馥王譚爲廣州刺史大

見劭之屢求二物法存不與王因狀法存豪縱殺而籍没家財焉死後形見於府内輒打閣下鼓似若稱寃如此經月王尋得病恒見法存守之少時遂亡劭之比至揚都亦死

還冤記卷之下

安成顏欽章編
鹽官姚士粦校

宋元嘉中高平金鄉張超先與翟願不和願爲方輿令忽爲人所殺咸疑是超超後除金鄉令解職還家入山伐林翟兒子銅烏執弓持矢并齎酒醴就山貺之斟酌已畢銅烏曰明府昔害民叔無緣同戴天日引弓射之超卽死銅烏其夜見超云我不殺汝叔枉見殘害今巳上訴故來

相報引刀刺之吐血而死

宋永嘉中琅邪諸葛覆爲九眞太守家累悉在揚都唯將長子元崇赴職覆於郡病亡元崇始年十九送喪欲還覆門生何法僧貪其資貨與伴共推元崇墮水而死因分其財爾夜元崇母陳氏夢元崇還具敘父亡及身被殺委曲尸骸流漂怨酷無雙奉違累載一旦長辭銜悲茹恨如何可說歔欷不能自勝又云行速疲極因臥總下牀上以頭枕總云明日視兒眠處足知非虛

矣陳氏悲怛驚起把火照兒眠處沾濕猶如人
形於是舉家號泣便如凶問時徐森之始除交
州徐道立爲長史道立即陳氏從姑兒也具疏
所夢託二徐驗之徐道立遇諸葛喪船驗其父
子亡日悉如鬼語乃收其行兗二人即皆款服
依法殺之差人護喪送還揚都
永康人呂慶祖家甚殷富常使一奴名教子守視
墅舍以宋元嘉中慶祖自往案行忽爲人所殺
族弟無期先貸舉慶祖錢咸謂爲害無期便齎

酒脯至柩所而祝曰君荼酷如此乃謂是我魂而有靈使知其主既還至三更見慶祖來云沂屢行見教子哇疇不理許當痛治奴遂以斧斫我背將帽塞口因得齧奴三指悉皆破碎便取刀刺我頸曳著後門初見殺時諸從行人亦在其中而不同執罪之失也奴今欲叛我已釘其頭著壁言畢而滅無期早旦具以告其父母潛視奴所住壁果有一把髮以竹釘之又看其指並見傷破録奴語驗承伏又問汝既反逆何以

不叛奴曰頭如被繫欲逃不得諸同見者事事相符即焚敎子并其二息

齊豫章文獻王嶷亡後忽見形於沈文季曰我病未應死皇太子加膏中十一種藥使我不差湯中復加藥一種使痢不斷吾已訴上帝先許還東邸當判此事便于懷中出青紙文書示文季曰與卿少舊與呈主上也俄而失所在文季懼不敢傳少時文惠太子薨

魏城陽王元徽初爲孝莊帝畫計殺爾朱榮及爾

朱兆入洛害孝莊而徽懼走投洛陽令寇祖仁祖仁父叔兄弟三人爲刺史皆徽之力也旣而爾朱兆購徽萬戶侯祖仁遂斬徽送之幷匿其金百斤馬五十疋及兆得徽首亦不賞侯兆乃夢徽曰我金二百斤馬百疋在祖仁家卿可取也兆覺曰城陽本巨富昨令收捕全無金銀此夢或實至曉即令收祖仁祖仁又見徽曰足得相報矣祖仁疑得金百斤馬五十疋兆不信之祖仁私歛戚屬得金三十斤馬三十疋輸兆猶

不充數乃發怒懸頭于樹以石硾其足鞭撻殺
之也
盧陵王在荆州時甞遣從事量括民田南陽樂蓋
卿亦充一使公府舍人韋破虜發遣誡敕失王
本意及蓋卿還以數悞得罪破虜惶惧不敢引
愆但誑蓋云自為分雪無勞訴也數日之間遂
斬于市蓋卿號叫無由自陳唯語人以紙筆隨
斂死後少日破虜在槽上看牛忽見蓋卿挈頭
而又持一梳蒜虀與之破虜驚呼奔走不獲已

而服之因得病未幾卒

康季孫性好殺滋味漁獵故其恒事奴婢愆罪亦或死之常病篤夢人謂曰若能斷殺此病當差不爾必死即於夢中誓不復殺驚悟戰悸汗流浹體病亦漸瘳後數年三門生竊其兩妾以叛追獲之即並毆殺其夕復夢見前人來曰何故負信此人罪不至死私家不合擅殺今故亦無濟理追明嘔血數日而卒

宋高祖平桓玄後以劉毅爲撫軍將軍荆州刺史

到州便收牧牛寺主云藏桓家兒慶爲沙彌併
殺四道人後夜夢見此僧來云君何以枉殺貧
道貧道已白於天帝恐君亦不得久因遂得疾
不食日彌羸瘦當教發揚都時多有爭競侵凌
宰輔宋高祖因遣人之征殺敗後夜單騎突出投
牧牛寺僧曰撫軍昔枉殺我師我道人自無報
仇之理然何宜來此亡師屢有靈驗云天帝當
收撫軍於寺殺之教便歎吒出寺後岡上大樹
自縊而死

梁下邳張稗者家世冠族末葉衰微有孫女殊有姿貌鄰人欲聘爲妾稗以舊門之後恥而不許鄰人忿之乃焚其屋稗遂燒死其息邦先行不在後還亦知情狀而畏鄰人之勢又貪其財而不言嫁女與之後經一年夢見稗曰汝爲兒子逆天不孝棄父就怨潛同凶黨便捉邦頭以手中桃杖刺之邦因病兩宿嘔血而死邦死之日鄰人又見稗排門直入張目攘袂曰君恃勢縱惡酷暴之甚枉見殺害我已上訴事獲申雪却

後數日令君知之鄰人得病尋亦隕歿
梁太山羊道生爲邵陵王中兵參軍其兄海珍任
溠州刺史道生乞假省之臨別兄于近路設頓
祖送道生道生見縛一人于樹就視乃故舊部
曲也見道生涕泣哀訴云溠州欲賜殺乞求救
濟道生問汝何罪答云失意逃叛道生便曰此
最可忿卽下馬以佩刀刳其眼睛吞之部曲呼
天大哭須臾海珍來又囑兄決斬道生良久方
覺眼睛在喉內噎不下索酒嚥之頓盡數盃終

不能去轉覺脹塞遂不嚥而别在路數日死當時莫不以爲有天道焉

梁東徐州刺史張皐僕射永之孫也甞因敗入北有一土民與皐盟誓將送還南土民遂即出家法名僧越皐供養之及在東徐且隨至任恃其勳舊頗以言語忤皐皐怒遣兩門生夜往殺之爾後忽夢見僧越云來報怨少時出射而箭括傷指纔可見血不以爲事後因破梨梨汁浸漬乃加膿血停十許日膞上無故復生一瘡膿血

與指相逼月餘而死
江陵陷時有關內人梁元暉俘獲一士大夫姓劉此人先遭侯景喪亂失其家口唯餘小男始數歲躬自擔負又值雪泥不能前進梁元暉監領入關逼令棄兒劉甚愛惜以死爲請遂强奪取擲之雪中杖捶交下驅蹙使去劉乃歩歩迴顧號叫斷絶辛苦頓斃加以悲傷數日而死死後元暉日見劉伸手索兒因此得病雖復悔謝來殊不已元暉載病到家而卒

宋東海徐甲前妻許氏生一男名鐵臼而許氏亡甲改娶陳氏凶虐之甚欲殺前妻之子陳氏產一男生而祝之曰汝若不除鐵臼非吾子也因名之爲鐵杵欲以杵擣臼也於是捶打鐵臼備諸艱苦饑不給食寒不加絮甲性闇弱又多不在舍後妻恣意行其酷暴鐵臼竟以凍餓甚被杖死時年十六亡後旬餘鬼忽還家登陳氏牀曰我鐵臼也實無片罪橫見殘害我母訴怨天今得天曹符來雪我冤當令鐵杵疾病與我遭

苦同時將去自有期日我今停此待之聲如生時家人賓客不見其形皆聞其語于是恒在屋梁上住陳氏跪謝頻爲設奠鬼云不須如此餓我令死豈是一飡所能酬謝陳氏夜中竊語道之鬼厲聲云何故道我今當斷汝屋棟便聞鋸聲屑亦隨落拉然有聲嚮如棟實崩舉家走出炳燭照之亦了無異又罵鐵杵曰汝既殺我安坐宅上以爲快耶當燒汝屋卽見火然煙爛火盛內外狼狽俄爾自滅茅茨儼然不見虧損日

日馬嘗時復謳謌云桃李花嚴霜落奈何桃李
子嚴霜落早已聲甚傷悽似是自悼不得成長
也于時鐵杵六歲鬼至便病體腹痛大上氣妨
食鬼屢打之打處青黶月餘而死鬼便寂然
梁廬陵王蕭續爲荆州刺史時有武寧太守張延
康甚便弓馬頗爲人伏代下將還王事延康意
貪進上辭不肯留王遂尋延康爲郡時罪鏁繫
在獄發使啓申意望朝廷委州行決梁王素識
延康兼疑王啟不實乃勑送都王既懷恨又懼

延康申雪翻復獲罪乃未宣勑使獄卒說延康曰如聞王欲見殺君何不拔身還都自理若能去當爲方便延康然之遂夜逃王遣游軍設伏刺延康于城下乃表叛獄格戰而死又有校江令吳某將還揚州被王要結亦不肯任遂使人於道擊殺之舉家數十口並從沈溺後數年得疾王日夜常見張吳二人王但曰寬我寬我少時而薨

梁武昌太守張絢嘗乘船行有一部曲役力小不

如意絢便躬棰之杖下臂折無復活狀絢遂推江中須臾見此人從水而出對絢撫手曰罪不當死官枉見殺今來相報卽跳入絢口因得病少日而殂

梁楊思達爲西陽郡太守值侯景亂時復旱歉饑民盜田中麥思達遣一部曲守視所得盜者輒截手腕凡戮十餘人部曲後生一男自然無手

梁武帝欲爲文皇帝陵上起寺未有佳材宣意有司使加採訪先有曲阿人姓弘家甚富厚乃共

親族多齎財貨往湘州治生經年後得一栰可長千步材木壯麗世所稀有還至南津南津校尉孟少卿希朝廷旨乃加繩墨弘氏所賣衣裳繒綵猶有殘餘誣以涉道刼掠所得并造作過制非商賈所宜結正處死沒入其財充寺用奏遂施行弘氏臨刑之日勑其妻子可以黃紙筆墨置棺中死而有知必當陳訴又書少卿姓名數十呑之經月少卿端坐便見弘來初猶避捍後乃欵服但言乞恩嘔血而死凡諸獄官及主

書舍人預此獄事署奏者以次殂殁未及一年
零落皆盡其寺營搆始訖天火燒之畧無纖芥
所埋柱木亦入地成灰
梁秣陵令朱貞以罪下獄廷尉虞獻者覆其事結
正入重貞遣相知謂獻曰我罪當死不敢祈恩
但猶冀主上萬一弘宥我明日既是國家忌日
乞得過此奏聞可乎獻答曰此於理無爽何謂
不然謹聞命矣而朱事先明日奏來獻便遇客
共飲頗醉遂忘抽文書且日家人合束內衣箱

中獻復不記比至帝前頃東香案上次第披之方見此事勢不可隱便爾上聞武帝以爲合死付外詳决貞聞之大恨曰虞小子欺罔將死之人鬼若無知固同灰土儻有識誓必報之貞于市始當命絶而獻已見其來自爾之後時時恒見獻甚惡之又夢乘車在山下行貞于山上推石壓之居月餘獻除曲阿令拜之明日詣謝張門下其婦于宅暴卒獻狼狽而還入室哭婦舉頭見貞在梁上獻曰朱秣陵在此我婦豈得不

死于時屋無故忽崩獻及男女婢使十餘人一時併命虞隲是其宗室助喪事見獻如是走下堂避之僅乃得免

陳霸先初立梁元帝第九子晉安王爲主而輔戴之虞涉本梁武世爲中書舍人尚書右丞于時夢見梁武帝謂涉曰卿是我舊左右可語陳公篡殺于公不利事甚分明涉既未見篡殺形迹不敢言之數日復夢如此并語涉曰卿若不傳意卿亦不佳涉雖嗟惋決無言理少時之間太

吏啟云殿有急兵霸先曰急兵正是我耳倉卒遣亂兵害少主而自立爾後涉便得病又夢梁武曰卿不為我語致令禍及卿與陳主尋當知也涉方封啟報夢之由陳主為人甚信鬼物聞此大驚遣輿迎涉面相詢訪乃尤涉曰卿那不道奇事六七日涉死尋有韋載之事

北齊張思和斷獄因無問善惡貴賤必被枷鎖杻械困苦備極囚徒見者破膽喪魂號生羅刹其妻前後孕男女四人臨產即悶絕求死所生男

女皆著肉鏁手脚並有肉扭束縛連絆墮地後思和爲縣令坐法杖死

北齊陽翟太守張善苛酷貪叨惡聲流布蘭臺遣御史魏輝儁就郡治之贓賄狼籍罪當合死善于獄中使人通訴反誣輝儁爲納民財枉見推縛文宣帝大怒以爲法司阿曲必須窮正令尚書令左丞盧斐覆驗之斐遂希旨成輝儁罪狀奏報于州斬決輝儁遺語令史曰我之情理是君所見今日之事可復如之當辦紙百番筆二

管墨一錠以隨吾屍若有靈祇必望報盧令史衰悼爲之殯斂并備紙筆十五日善得病唯云叩頭未旬日而死纔兩月盧斐坐譏駮魏史爲魏收奏文宣帝鴆殺之

眞子融北齊世嘗爲井陘關檢租使賦貨甚多爲人所糾齊主欲以行法意在窮治乃付并州城局參軍崔法瑗與中書舍人蔡暉共拷其獄然子融之事罪皆赦前法瑗等覩望上意抑爲赦後子融臨刑之際怨訴百端既不得理乃誓

日若使此等平吉是無天道後十五日法瑗無
病暴死經一年許蔡暉患病膚肉爛墮都盡苦
楚日加方死
北齊文宣帝高洋既死太子殷嗣位年號乾明文
宣同母弟常山王演本在并州權勢甚重因文
宣山陵事隨梓宮出鄴以地望見疑仍留爲録
尚書事王遂忿怒潛生異計上省之日內外官
僚皆來集會卽收縛乾明腹心尚書令楊宗彥
等五人皆爲事狀奏斬之尋廢乾明而自立是

爲孝昭帝後在并州望氣者奏鄴中有天子氣平秦王高歸彥勸殺乾明遂録向并州盡殺之其年孝昭數見文宣作諸妖怪就其索兒備爲厭禳終不能遣而死

陳武帝霸先旣害梁大司空王僧辯次討諸將義興太守韋載黄門郎放之第四子也爲王公固守陳主頻遣攻圍不克後重征之誘說載曰王公親黨皆已殄滅此一孤城何所希冀過爾相拒耶若能見降不失富貴載曰士感知己本爲

王公抗禦大軍致成讐敵今亦承明公盡定江左窮城自守必無路活但鋒刃屢交殺傷過甚軍人忿怨恐不見全老母在堂彌惧禍及所以苟延日月未能束手耳必有誓約不敢久勞神武陳主乃遣刑白馬爲盟戴遂開門陳主亦寬信還揚都後陳主即位遣戴從征以小遲晚因宿憾斬之尋於大殿視事便見戴來驚走入內移坐光嚴殿戴又遂入顧訪左右皆無所見因此得病死

後周文帝宇文泰初爲魏丞相值梁朝喪亂梁孝元帝爲湘東王時在荆州遣使通和禮好甚至與泰斷金立盟結爲兄弟後平侯景孝元即位泰猶人臣頗行凌侮又求索無厭乃不愜意遂遣兵襲江漢虜係朝士至於民庶百四十萬口而害孝元又魏文帝先納茹茹王郁久閭阿那壞女爲后親愛殊篤害梁主之明年壞爲齊國所敗因率餘衆數千奔魏而突厥舊與茹茹怨讎即遣餉泰馬三千匹求誅壞等泰許諾伏突

厥兵馬輿壞醼會醉便縛之即日滅郁久閭姓五百餘人茹茹臨死仰天而訴明年冬泰獵於隴右得病見孝元及壞爲祟泰發怒肆罵命索酒食與之兩月泰卒

後周宣帝在東宮時武帝訓督甚嚴恒使宦者成慎監察之若有纖毫罪失而不奏慎當死於是慎常陳太子不法之事武帝杖之百餘及即位顧髀上杖瘢問及慎所在慎于時已出爲郡遂敕追之至便賜死慎奮厲曰此是汝父爲成慎

何罪悖逆之餘濫以見及冤若有知終不相放于時宮掖禁忌相逢以目不得轉其言笑分置監官記録愆罪左皇后下有女子欠身淚出因被劾謂有所思奏使勑拷訊之初擊其頭帝便頭痛更擊之亦然遂大發怒曰此冤家耳乃使拉折其腰帝復腰痛其夜出南宮病漸重明旦還腰痛不得乘馬御車而歸所殺女子之處有黒暈如人形時謂是血隨刷之旋復如故如此再三有司掘除舊地以新土填之一宿之間如

故因此七八日舉身瘡爛而崩及初下屍諸蹋
腳牀牢不可脫唯此女子所引之牀獨是直腳
以供用葢亦鬼神之意焉帝崩去成愼死僅二
十許日焉

還冤記卷之下

還冤記跋

近豫章王孫已刻此記友人項琳之以爲尚多脫漏更取御覽廣記藝文書抄增定數條祕之貧篋自謂此寒生夜光也會刻傳書遂以送梓吾師顔公讀而付余曰此家黄門幽有鬼責之炯鑒也子盍爲我校之余更展讀至陳武周文二條而知黄門著此

不特為世鑒戒意微在于始終為梁蓋以霸先黑獺實謀拔渚宮篡奪蕭氏也故其所載如梁元暉奪人愛子擲著雪中虜係士庶至百四十萬是皆極著宇文之惡而痛梁國之無辜也夫戒惡仁也為梁忠也既仁且忠而可以稗官野記槩視之邪海鹽姚士粦謹跋

顏氏傳書

還冤記　大業拾遺記

刊謬正俗　急就篇注